強すぎて学園であぶれた俺。ボッチな先生とペア組んだら元王女だった

穂積 潜

ファンタジア文庫

3367

口絵・本文イラスト　おやずり

強すぎて学園であぶれた俺。
ボッチな先生とペア組んだら元王女だった

青い炎ならともかく、
赤ごときで俺の肌を焼き切れるかよ
ナイン
元・棄民兵の少年。戦場で生まれ育ってきたため実力は折り紙付き、ただ考え方も戦い方も実戦的過ぎて周りと温度差がある

戦士を育てる学校の癖に
どうにも俺には分からねえ
『曖昧』なことが多い
炎の壁か。

範囲魔法なのでそこそこ詠唱時間はかかるだろう。

「……」

ナインは革袋を開く。

（ふーん）

中身が血から水になっている。

マリシーヌが口の端を吊り上げた。

（仕込み済みか。さっきのフルアーマーのやつにすり替えられたな）

でも、特に問題はない。

そもそもナインの戦場にはまともに物資が送られてきたことなんてなかった。一応、準備はするが、全て現地調達し、臨機応変に対応しなければ棄民兵は生き残れない。

そして、マリシーヌを憎む気持ちもない。むしろ、ナインを侮っていたようなのに、手を抜かずに全力で殺しに来たことに感心した。

勝つためにあらゆる手段を尽くすのは当然である。

戦場に卑怯はないのだ。

愚僧もこれで失礼致しまする
ヘレン
光神の教徒なのに光魔法が使えず、その体質から所属していたパーティでも浮いていた少女
マリシーヌはそう言って肩をすくめる。

ナインが全く期待されてないことは明らかだった。

「わかった。とにかく俺は最終的にパーティメンバーが集まれば後はどうでもいい。よろしくやってくれ」

「ええ。お互いビジネスライクになすべき役割を果たしましょう」

「では、愚僧もこれで失礼致しまする。十分前行動を心がけておりまする故」

クラスが違うヘレンとはそこで別れ、マリシーヌはわざわざナインから距離を取って歩き始めた。

きっとナインと一緒に教室に入るのが嫌なのだろう。

これでいい。ナインたちは仲良しこよしのチームではないのだから。

お互いビジネスライクに
なすべき役割を果たしましょう
マリシーヌ
学院に多額の献金を行っている貴族の令嬢。ナインとうっかり関わってしまい……？
ま、俺も別に周りと
仲良ししたい
訳じゃない

……組んでくれた先生の方は
ちょっと違うみたいだが――

ナンバーズの夢はどれも一筋縄ではいかないものばかりだ。

とはいっても、ナインは散っていった仲間への弔いのために、彼らの夢を代わりに叶えたい――という訳ではない。

死は死であり、仲間の夢をナインが叶えたところで何の意味もないことは自明だ。

しかし、唐突に終戦を告げられ、不意の自由を与えられた時、ナインには特にやりたいことがなかった。

だから試しに、他のナンバーズの夢を借りてみようと思ったのだ。

その中にぴったり自分にはまる夢があるかもしれないし、ないかもしれない。

でもなければないで別にいい。

ナインは夢がなければ生きていけないほど弱くないし、現にそうして生きてきた。

夢はナインにとってはなくて当たり前のものだ。

是非、ナインくん自身の
夢を見つけてください。
これは私からのお願いです
はにかんだ、何かを誤魔化すような笑み。
ナインはアイシアが好きだが、やっぱりこの笑い方は嫌いだ。
アイシア
ナインのクラスの担任教師。王国の
元王女であり、聖女でもある。何かと
複雑で、何かと不憫

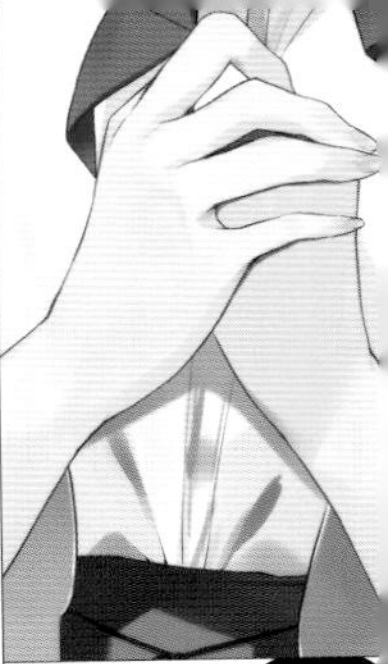

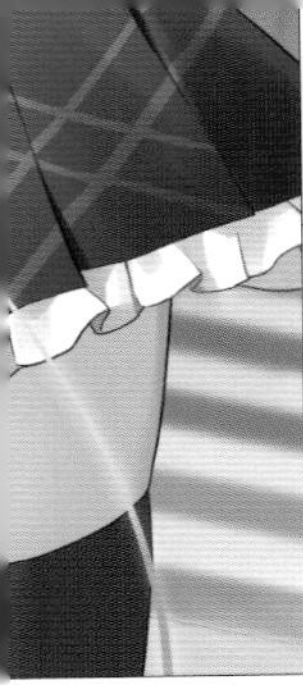

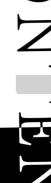

CONTENTS

Beauty Saint Teacher and the Mercenary <NINE>.

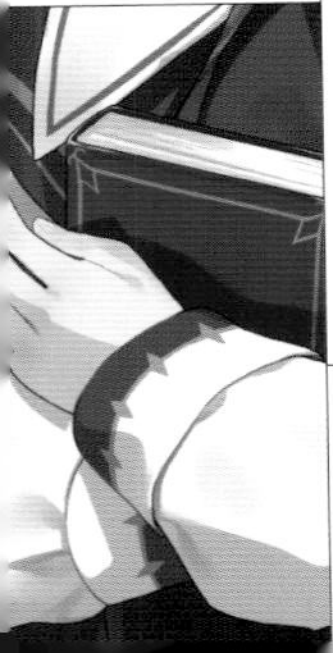

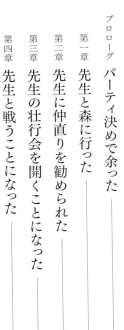

強すぎて学園であぶれた俺。ボッチな先生とペア組んだら元王女だった

author
穂積潜
illustration
おやずり

Beauty Saint Teacher and
the Mercenary <NINE>.

プロローグ　パーティ決めで余った

初夏のよく晴れたある日。

二百人を収容できる大教室に、ナインと同じ年頃の少年少女が集まっていた。

「それでは皆さん、入学から三ヶ月を迎え、いよいよ初めての実習ですね。パーティメンバーが決まったら、私の所に来てくださいね。登録手続きをしますから」

周囲より数段高い位置に設《しつら》えられた教卓。その後ろに立った担任の女――アイシアがにこやかに言う。

彼女の言葉を合図に、生徒たちが一斉に動き出す。

誰も彼もその歩みに迷いはない。

それはそうだろう。

今からメンバー探しをする間抜けな人間などおらず、あらかじめ取り決めていた面子《めんつ》で集まるだけなのだから。

もちろんナインもその一人だ。

ここ数ヶ月で根回しというやつが大切なのだということは学んだのだ。

「なあ、あんた！　前に俺と組むって言ってたよな？」

走り込みの教練でデッドヒートを繰り広げた大男の肩を叩《たた》く。

「えっ、あれ本気だったのか。は、ははは、すまん、冗談だと思ってた。先約があるからまたな」

「マジかよ！　――じゃあ、あんた！　前に肉を分けてやった時、俺と組むって約束したよな！」

ナインは反対方向に跳び移り、別の生徒のローブの袖を引く。

「え？　ぼ、僕？　えっと、あれはその場のノリで――ごめん。昼食代は払うから勘弁してくれ」

ローブの生徒が全力で後ずさっていく。

どんどんパーティの塊ができ、ナインは取り残されていった。

「くそっ、なんでだよ！　じゃあ俺は誰と組めば――おっ！」

ナインは辺りを見回し、明らかにぎこちなさそうに隅の方に固まる一団を見つける。

「なあ！　お前らって今から組むんだろ！　俺も混ぜてくれよ。最前衛でいいし、荷物もいっぱい持つぜ」

手を挙げて、自己アピールしながら近づいていく。

「ひっ……」

「おいらたちじゃ君の足を引っ張ってしまうと思うから」

「パーティは釣り合ってないとちょっと」

なぜか彼らもそそくさと逃げていってしまう。

結局、誰に声をかけても、ナインとパーティを組んでくれる生徒は見つからなかった。

そして、ナイン以外の全員のパーティ登録が終わり、教室を出て行く。

「ナインくん。こっちに来てください」

アイシアが手招きをする。

「先生、えっと、その……」

ただ一人余ったナインは、頭を掻《か》いて素直にその指示に従った。

「ナインくん……。結局、誰もパーティを組んでくれる人がいなかったんですね？」

アイシアは両腕を教卓につけて、ナインに視線を合わせる。

その銀の長髪が教卓の茶色い木肌に海のように広がる。

彼女の碧《あお》い瞳が、同情とは違う悲しみの色を湛《たた》えていた。

「そうみたいだ。まあ、それならそれでいい。D級の魔物を二体狩るだけだろ？　それくらいは俺一人で十分だもんな」

ナインはアイシアにというよりも、自身に言い聞かせるように答える。

「最低二人以上でないと実習には参加できませんよ。要綱に目を通しましたか？」

アイシアは教卓の下から取り出した紙の一文を指さして言った。

「悪い。まだ俺、絵本くらいしか読めないよ。でもさ、これって俺のせいなのか。約束を破るやつが悪いんじゃないのかよ。口約束でも約束は約束だろ？　戦場なら約束を破る奴《やつ》は味方だろうと殺されてたぞ。そんな奴に背中を預けられないだろ」

ナインは早口でそう主張した。

「口約束も約束です。でも、その中には約束っぽいけど約束じゃない約束もあるんです」

アイシアはゆっくりと言い含めるように語る。

その声色とリズムは、かつてナインが敵から奪い、一度だけ口にしたことがある高級な蒸留酒の味に似ていた。

「なんだそれ。訳が分からねえ。ここは戦士を育てる学校じゃないのかよ。嘘《うそ》をつく戦士が役に立つのか？」

ナインは首を傾《かし》げる。

「確かにこの学院は戦える人を育てる場所です。でも、戦える人も戦っている時よりも戦ってない時の方が多いんですよ」

静かに首を横に振る。

「そりゃそうだ。でも、戦ってない時は戦うための準備をする時間なんだから結局同じことだろう」

「ナインくんが将来この学院を卒業したら、戦う人以外とも接しなければいけません。そして、そういう色んな役割の人たちが集まる所では、ルールが全て明文化されているとは限りません。……入学の時、私がナインくんに言ったこと、覚えていますか？」

「ああ。えっと――確か、『曖昧』だろ？」

ナインは記憶を掘り起こし、学門を初めてくぐった日のことを思い描いた。

＊　＊　＊

「おー、ここがルガード戦学院か。すげー。壁と屋根がある！」

世界の中心にある首都パンゲア。

軍学校の最高峰であるルガード戦学院。

その校門の前。

ナインは目を輝かせて、こげ茶色のレンガの建築群を見上げる。

平屋や二階建て、三階建てはもちろん、塔のような高層建築物もあった。

つい数年前までは焼野原《やけのはら》だったのに、もう建物をこんなにいっぱい作れるなんて、やっぱり都会は違うなと思う。

「ここに入ったら、毎日壁と天井がついた所で寝られるんだな」

絶対に受かってやる。

そう決意も新たに校門をくぐる。

「一般入試希望者の人だね？　受験票を見せてくれるかな」

槍《やり》を持った男に止められる。

穂先が新品なのはともかく、柄にも手垢《てあか》が全くついてない。素人《しろうと》か。

「いや、俺、戦う方のやつを」

「え？　あ、ああ、そうかい。いや、すまない。君は武器を持ってないから、てっきり一般入試の希望者かと思ったよ。戦闘技能特化試験の受験希望者は、あっちで持ち物検査を受けてくれ」

「わかった」

指示を受けて、近くの天幕のついた場所へ向かう。

鋭い目つきをした男が、こちらに一瞥《いちべつ》をくれる。

さっきのよりは断然強い。連合国の猟犬の中型くらいだろうか。

その横には、ローブを纏《まと》った中年の女。

こっちは弱い。いつか見たスカベンジャーの元締めに似ている。

「ここで戦闘に使う物品の鑑定を行っている。武器の持ち込みは基本的に自由だが、禁術、魔剣、違法薬物の類は認めていない」

「えっと、これ」

腰に下げた革袋を掲げる。

「魔法の触媒かい？」

ローブの女が尋ねてくる。

「ん？　いや、触媒じゃないよ。ただの血」

ナインは正直に答えた。

「……確かに危険なものではないようだね」

ローブの女が頷《うなず》く。

「通過を認める。戦闘技能特化試験は狭き門だが、精一杯励め」

「ああ」

頷いてまた革袋を腰ひもにくくりつける。

「道の真ん中を堂々と歩けるのはいい気分だな」

ナインは大きく伸びをした。

一般入試の受験生が右寄りに、武装をした戦闘技能特化試験の受験生が左寄りに固まって歩いている。

(なんでみんなもっと真ん中を歩かないんだ?)

こっちの方が断然気持ちいいのに。

どうせ戦場に出たら、姿勢を低くして物陰で敵の目を避ける生活が待っているのだ。

大手を振って歩ける時はそうした方がいい。

「ちょっとあなた」

「ん?　俺か?」

声をかけられて振り向く。

犬と取り巻きを連れた少女がそこにいた。

金の巻き髪に、長いまつ毛。

気の強そうな切れ長の目がこちらを睨《にら》んでいる。

防具は流体金属であるミスリルで仕立てたドレス風のローブ。ブーツまでミスリル製だ。

その胸には、赤いドラゴンの発光装飾が施されている。

腰にはレイピア、もしくはショートソードと思《おぼ》しき得物が鞘《さや》に納められている。

(魔法剣士か)

装備の材質は全て一級品だが、燃費が悪くて継戦能力が低そうだ。

体幹はしっかりしており、それなりの訓練を積んでいると思われる。

ただ、肌の傷のなさといい、磨き上げられた長い爪といい、実戦経験は薄そうだ。

いや、そもそもが魔法で接近する前に殺しきるタイプなのかもしれない。

「グルルルルルルルルル」

巻き髪にリードで繋《つな》がれた犬が威嚇してくる。

黒い短毛の中型犬。

引き締まった筋肉に鋭い牙を見るに、どうやら愛玩用ではなさそうだ。

俗にいう魔犬だろう。

「皆様、お聞きになりまして？　『ん？　俺か？』ですって」

「貴道《きどう》を我が物顔で闊歩《かっぽ》しながらなんと白々しい」

「マリシーヌ様に誰何《すいか》されながら名乗りもしないなんてお里が知れますわね」

巻き髪の半歩後ろに付き従う数人の少女たちが、嫌味っぽく囁《ささや》き合う。

防御力皆無の薄っぺらい派手な服に包まれた、脂肪まみれの惰弱な肉体。

全員、戦闘能力は皆無。

ナインには彼女たちが腰巾着——よりさらに役に立たない存在。巻き髪——マリシーヌの服の装飾の一部に見えた。

これなら魔犬の数を増やした方がまだ戦力になるだろう。

「……あなた、社交界ではあまりお見かけしない顔ですけれど」

マリシーヌは取り巻きを視線で制し、訝《いぶか》しむように言う。

「シャコウカイ？　ああ、シャコガイ？　美味《うま》いよな！　貝の中では食い出があって好きだぜ」

「……お名前を伺ってもよろしくて？」

眉間を指で押さえて尋ねてくる。

「俺はナインだけど」

「数字が名前——まさか、棄民兵の生き残りですか！」

「名字も持たない下賤《げせん》の輩《やから》がよくもマリシーヌ様の行く手を塞いでくれたものですわね」

「無学なのは仕方ないにせよ、せめて常識くらいは身に付けておいてほしいものですわ」

取り巻きたちが口を袖で覆い、嫌悪《けんお》感も隠さずに吐き捨てる。

こういう反応には慣れていたので、今更腹を立てるまでもない。

「はあ。なんだよ。こんなに広い道で塞ぐもなにもないだろ、勝手に抜いていってくれ」

ナインは肩をすくめた。

「彼女たちはそういうことを申し上げたい訳ではありませんの。往来の真ん中は学園に多大な貢献をした者だけが使える伝統ですのよ。例えば、このワタクシ——学院に多額の献金をしているアルスラン家の一人娘、アルスラン＝メスレ＝ド＝マリシーヌのような」

尊大に髪をかきあげて言う。

ナインは自分が頭の良くない方だと自覚している。

でも、これは明らかにおかしいだろう。

だって、たかだか数年前に出来た学校に、伝統もクソもあるものか。

「えっ、そういう決まりなのか？　——なあ！　あんた！　俺、代読み屋に受験のルールを教えてもらったんだけどさ。名字がない奴は道の真ん中を歩いちゃいけないとか、そんなんなかった気がするんだけど、聞き逃しちまったのかな！」

ナインは先ほど持ち物検査をしてくれた男に大声で呼びかける。

「……いや。往来を禁じる校則はない。この学園の中は誰でも『平等』だ」

男は事務的な口調で答える。

「——だ、そうだ。あんたの勘違いみたいだよ。じゃあな」

ナインは再び前を向いて歩き出した。

「お待ちなさい！　――ジョセフィー！」

マリシーヌが魔犬のリードを放す。

ジョセフィーと呼ばれた魔犬は、「ワンワンワンワンワンワン！」と耳障《みみざわ》りな高い声で吠《ほ》え立《た》てながら、ナインの前を塞いだ。

「なんだよ。まだなにかあるのか？」

ナインは魔犬を視界の隅に収めつつ、半身で振り返る。

「決めましたわ。ワタクシ、あなたを試験のお相手に指名して差し上げます。光栄に思いなさい！」

マリシーヌが腰に佩《は》いたレイピアを抜き、その切っ先をナインに向けてくる。

「さすがマリシーヌ様！」

「淑女の星！」

「不調法者に教育を！」

取り巻き連中が拍手し始める。

「ん？　つまり、俺とあんたが戦うってことか？　確か試験の対戦相手はクジで決めるんじゃなかったか」

「ええ、庶民の方はそうですよね。ただし、何事にも例外はつきものですわ。――そうでしょう！　そこの受付の方？」

マリシーヌが、先ほどナインが呼びかけた男に問いかける。

「……戦闘技能特化試験の対戦相手は抽選によって決める。※ただし、推薦試験を受けるものはこの限りではない」

男が要綱を機械的に読み上げる。

「お聞きになりまして？　つまり、ワタクシがその例外ということです」

「……なお、ここ数年でこの制度を利用した者は全て、学院の教師、もしくは受験生本人が用意した格上の相手を指名して戦っている。敢《あ》えて困難に挑むことで、その実力と向上心を示すのが通例だ」

男が消え入りそうな声で補足する。

「でも、それはあくまで通例ですわよね。そういう『決まり』ではないでしょう？」

マリシーヌが嫌味っぽい口調で尋ねる。

「……ああ、ない」

男が静かに頷く。

「さあ、どういたしますの？　ワタクシは寛大ですから、今、這《は》いつくばって謝るなら赦《ゆる》して差し上げてもよろしくてよ？」

　鼻をツンと上にそらし、尊大に言い放つ。

「マリシーヌ様、こんな下郎にもご慈悲を垂れるとは、なんとお優しい！　聖女よりも聖女らしいですわ！」

「さあ、謝りなさい！　今すぐ謝りなさい！」

「地面を舐《な》めてワンワンワンと鳴きなさい！」

　取り巻きが勝手に条件を付け加え始めた。

「いや、謝らない。どうせ誰かとは戦うんだから、別にあんたで悪いってこともないしな」

　ナインは即答する。

「そうですか。——戦闘技能特化試験は学科を免除される代わりに、命の保証がない危険な試験。もちろんご存じですわよね」

「？　ああ、うん。生死をかけない戦いなんてないだろ」

「そこまで覚悟しているなら、もうワタクシから申し上げることはなにもございませんわね。……世界は『平等』になりましたわ。けれど、『公平』になったとはゆめゆめ思われないことね——皆様方、参りましょう」

「「はい！　マリシーヌ様！」」

「ワンワンワンワン！」

マリシーヌがナインを一睨みして、取り巻きと魔犬と共に、足早に去っていく。

「マジかよ。あいつ、死ぬ気か？」

「緋竜《ひりゅう》のマリシーヌだろ？　公爵家の」

「『元』公爵家だろ」

「いや、家名を名乗ったってことは、旧王国の昇殿基準を満たしているはずだ。つまり、並の魔法使い千人分の魔力量を有している」

「おいおい。終わったぞあいつ」

「でも、貴族だし、意外と見掛け倒しってことも」

「いや、俺は旧王国の出身だが、マリシーヌ様は戦後の混乱期に野盗百人を一人で討伐したと聞いたことがある」

「大体、もし実力が同じくらいでも、あの装備の差では勝てるはずがないわよ。あいつ布の服とマントしか着てないじゃない」

「アホだな。さっさと謝っておけばいいのに」

左右の人の列から、次々に同情と侮蔑の声が投げかけられる。

どうやら、ナインはいつの間にか注目を集めていたらしい。

（なんか騒がしいな……。この感じ、どこかで……）

学院になど通ったことのないナインなのに、なぜか既視感を覚える。

そして、すぐにその正体に思い至った。

（ああ！　そうか！　これがハカセの言っていた『お約束』ってやつか！）

生まれながらの棄民であったナインは、文字が読めない。

でも、本好きのハカセが良く語り聞かせてくれた。

彼は数字がつく前に死んでしまったが、その物語たちは今でもよく覚えている。

田舎から出てきた少年が裸一貫で成り上がる英雄譚《たん》。

彼は士官するために軍学校に入学し、そこでなぜかいつも生意気な少女と決闘になる。

少女の立場は物語によって、貴族だったり、女戦士だったり、聖職者だったりと多種多様だが、なぜかいつも決闘になるところだけは一緒だ。

そのことを不思議に思ったナインはハカセに「なぜいつも同じ展開なのか」と尋ねるのだが、いつでも答えは「お約束だから」の一言で済ませられてしまっていた。

巷《ちまた》には似たような話が溢《あふ》れているのか、それとも、ハカセがそれ以外の物語のパターンを知らなかったのか、今となっては分からない。

「お前に恨みはないが、一応、演習場まで送り届けさせてもらうぞ。もし逃げられでもしたら、お前たちの会話に関わった俺の責任問題になる」

男がそう言って、ナインの隣に並ぶ。

「ああ、うん。ちょうど、どこに行けばいいか迷っていたから助かるよ。その前に水分補給したいんだけど。思ったよりもすぐ戦うことになりそうだからさ」

「……食堂に寄ってやる。飯も食うか」

「いや、身体《からだ》が鈍るから水だけでいい」

食堂の水がめに首を突っ込んで、水を腹に詰めていく。

「なあ、お前、大戦の生き残りだろ」

「そうだよ」

「俺もそうだ。だからこそ分からない。俺たちは魔王征伐の生贄《いけにえ》になる聖女じゃないんだ。この戦いで栄誉のある死は得られないぞ。なぜ、命を粗末にする」

「粗末にしてないぞ。使い切るために来た」

男とポッポッと会話をしながら、ナインは心の中で別の事を考えていた。

(本当に都会には物語みたいなことがあるんだな。でも、まあ、好都合だ。『物語の英雄みたいな活躍がしたい』っていうのはシックスの夢だったしな)

ナインには叶《かな》えたい仲間の夢がたくさんあるのだ。

入学前からそのチャンスが来るなんて運がいい。

(えっと、物語ではこの後、少女を倒したら、相手が男に惚《ほ》れるんだよな。でも、今のままだと何か足りないよな。なんだっけ)

重要な要素を見落としている気がする。

あれこれと考えている内に演習場についた。

ナインはそのますり鉢状の建物の一室に案内される。

「……ここが控え室だ。死ぬなよ」

男はそう言って、ナインをフルアーマーで重装備した別の男へと引き渡す。

こっちもかなり強いな。

「戦闘に使う道具を一つ残らず出せ。不正がないかチェックする」

男は一方的にそう要求してきた。

「さっきも鑑定してもらったけど」

「規則だ」

「あっそう」

ナインはまた革袋を差し出す。

やがてチェックが終わると革袋が返される。

「時間だ。急げ」

それを確認する暇もなく、フルアーマーがナインを演習場の出場口へと急《せ》かした。

その頃になって、ナインは膝を打った。

（ああ、思い出した……『ラッキースケベ』だ！）

物語の主人公は決闘の前、もしくはその最中にヒロインと性的な接触をするというのがお約束らしい。

決闘前には何もなかったので、この戦闘中にそれが起こるのか。

いや、起こすのか？

ハカセは自然とそうなると言っていたが、どうなんだろう。

起こればそれで良し、起こらなければ起こせばいいのか。

やがて、ナインは出場口から数歩進んだ位置に立たされる。

反対側にはマリシーヌがいて、その中間に見知らぬブラウスにジャケットを羽織った銀髪の女がいた。

「ん？　なんだ、聖女先生を見に来たのに戦わないのか？」

「っていうか、推薦組と戦試組がやるなんて珍しくね？」

「下賤《げせん》な棄民兵が大貴族のマリシーヌ様を公衆の面前で凌辱《りょうじょく》したのです！　それで予定が変更になったのですわ」

「おいおい、めったなことを言うなよ。貴族も棄民兵ももういないだろ」

「ええ、そうでしたわね。ですが、女性への敬意が尊ばれるのは時代が移ろっても不変でしょう」

「その通りです。皆さん、品行方正なマリシーヌ様と、常識も倫理も欠如した戦場狂い、どちらがこのルガード戦学院で共に学ぶにふさわしいと思われますか？」

「さあ、みんなでマリシーヌ様を応援しましょう！」

「うーん、偉そうな元貴族も好きではないけど、それでも元棄民兵よりは、ねえ？」

「戦場帰りの兵士が急に頭がおかしくなって暴走なんてよく聞く話だしね」

「とにかく、貴族上がりが面子《めんつ》を汚されたとなるとただじゃすまないだろ。いきなり死人が出るかもな」

「初《しょ》っ端《ぱな》から派手なのが見られそうだ」

「平和の女神ちゃんのパンチラがないならせめてそれくらいはやってくれないとなー」

観客席に詰めかけた学院の生徒らしき面々が、悪意を含んだ好奇心の視線を送ってくる。
取り巻き連中がナインの悪評でもばらまいているのだろうか。

いきなりアウェイな雰囲気だが、まあ、それもいつものことだ。

「アルスラン＝メスレ＝ド＝マリシーヌの推薦試験および、ナインの戦闘技能特化試験を始めます。どちらかの降伏、意識喪失、もしくは死によって試験は決着します。審判は私、アイシアです」

銀髪の女が静かに宣言した。

「『元』王女殿下にワタクシの『勝利』を捧《ささ》げますわ」

マリシーヌはアイシアを一瞥《いちべつ》し、スカートの裾を摘《つま》み、優雅に一礼した。

言葉こそ丁寧だったが、どこか馬鹿にしたような言い方だった。

「よっ！　淑女国宝！　パンゲア美術館に展示したいですわ！」、「髪に小さい女神宿らせておりますの！」、「貴さが高すぎますわ！　前世で魔王でも倒したんですの！」「ワオオオオオオオン！」

取り巻きから癖の強い応援のヤジが飛ぶ。

「おっ、なんか言わなきゃだめなのか？　じゃ、この戦いを娼婦《しょうふ》嫌いのシックスに捧げるぜ」

娼婦嫌いだったシックス。

メシの戦利品だけは絶対に譲らなかった食いしん坊のシックス。

でも、決して女に乱暴はしなかったシックス。

童貞のまま死んだシックス。

ナインは拳を軽く上げる。

ざわめきは聞こえるが、ナイン個人を応援する声などはない。

「試合開始です」

アイシアが宣言する。

「せめてもの慈悲です。すぐに終わらせて差し上げますわ――『いと高き支配者たる緋竜よ。我は至尊に連なる者……』」

マリシーヌが詠唱を始める。

炎の壁か。

範囲魔法なのでそこそこ詠唱時間はかかるだろう。

「……」

ナインは革袋を開く。

（ふーん）

中身が血から水になっている。

マリシーヌが口の端を吊《つ》り上げた。

（仕込み済みか。さっきのフルアーマーのやつにすり替えられたな）

でも、特に問題はない。

そもそもナインの戦場にはまともに物資が送られてきたことなんてなかった。一応、準備はするが、全て現地調達し、臨機応変に対応しなければ棄民兵は生き残れない。

そして、マリシーヌを憎む気持ちもない。むしろ、ナインを侮《あなど》っていたようなのに、手を抜かずに全力で殺しに来たことに感心した。

勝つためにあらゆる手段を尽くすのは当然である。

戦場に卑怯《ひきょう》はないのだ。

物語の主人公とヒロインは正々堂々という、敢《あ》えて自分の有利を捨てる意味不明な行動をしていたので理解し辛《づら》かった。

むしろこっちの方がナイン個人としてはノリやすい。

ナインは革袋を逆さにし、地面へとぶちまける。

そして——そのまま服とマントを脱ぎ捨てる。

マリシーヌが目を見開いた。

だが、詠唱は止めない。

「ははは！　なんだ露出狂かー？」

「酔っ払いなら歌でも歌えー！」

ヤジが心地よい。

少し、戦場の空気に似ている。

ナインはそのまま勢いよく小便を周囲にまき散らす。

「きゃー！　変態ー！　ほら、やはりナインは公衆の面前で露出も厭《いと》わないような女性の敵ですわ！　エンガチョですわー！」

「ジョセフィーちゃんでももう少しまともにおトイレできますわよ！」

「学院に来る前に幼稚園から通われた方がよろしいいんじゃなくてー！」

会場の嘲笑がさらに膨らむ。

ナインは地面に転がり、濡《ぬ》れた土を全身に塗りつける。

「――その息吹《いぶき》を再現せよ！」

マリシーヌが詠唱を終える。

顕現したのはフィールドいっぱいに広がり、押し迫る真紅の炎の壁。

ナインは余った水分を衣服とマントに染《し》み込ませ、顔にグルグル巻きにした。

「おい。あいつマジで頭大丈夫か？」

「いや、火に対抗するには水と土だ。特に炎に弱い目を守り、空間を作って呼吸を確保する。理には適《かな》っている」

「でも、見た目、全裸覆面の小便土まみれ男だぞ！」

「ただのボヤならともかく、魔法の炎だぜ⁉　あんなので耐えられる訳がない！」

ナインは躊躇《ちゅうちょ》なくそのまま前に突っ込んだ。

土が剝がれ落ち、水分は蒸発し、布は焼ける。

ナインを守る最後の砦《とりで》は皮膚。

（青い炎ならともかく、赤ごときで俺の肌を焼き切れるかよ）

棄民兵の皮膚は厚い。

その中でもナインの皮膚は特に厚い。

そういう戦い方をしてきた。

「くっ、接近戦に持ち込めば勝てるとでも？　ワタクシはレイピア術もマスターしておりますのよ」

心臓をストレートに狙った分かりやすい軌道。

ナインは右手の親指と人差し指の間でレイピアを受けた。

自身の血と肉ごと巻き込んで、レイピアを引き、マリシーヌの重心を崩す。

「しまった――」

マリシーヌが目を見開く。

もしかしたら、彼女は敗北を覚悟したかもしれない。

事実、いつものナインなら顎を撃ち抜いて脳を揺さぶり気絶させてからとどめを刺すのだが――。

（やべ！　殺したらラッキースケベできねえじゃん）

ふと気づく。

そこでナインはマリシーヌの腕をひねり、レイピアを奪うに留《とど》めた。

「油断しましたわね！　武器がなくとも、これくらいの魔法を使う余裕はまだありますのよ！」

左手で熱線を放ってくる。

斜め後ろに跳んでかわす。

持久戦に切り替えてきたか。

（ちっ、手加減って苦手なんだよなあ）

ナインは殺すのは得意だが、中途半端《ちゅうとはんぱ》に生かすのは不得手だった。

戦場では人質を確保しなくてはいけない場面もあったが、それは別のナンバーズの仕事だった。

（魔力枯渇《こかつ》を待ちつつ、倒す方法を見つけないと。何か使えそうなものは――おっ）

そこでナインは視界の端に銀髪の女――アイシアの姿を捉える。

視線とステップでフェイントをかけながら、その背中にぴったりと張り付いた。

春に咲く花のようないい匂いがする。

「なっ！　女性を盾にするなんて、男として恥ずかしいとは思いませんの⁉」

「全く思わない」

即答する。

「卑怯者ー！」

「正々堂々戦えー！」

「下劣！　人でなし！　色情魔の特殊性癖の匂いフェチの凌辱趣味男《リョナ太郎》ー！」

最初からアウェイだったが、これで会場が完全に敵に回った。

取り巻きが煽動《せんどう》しているとなればなおさらだ。

「くっ、本意ではありませんけれど、ワタクシも戦士です。人質をとられたとしても、手を抜けない戦いもありますわ！」

マリシーヌはナインにというよりは、会場にアピールするように言って、攻撃を続けてくる。

一方、アイシアも右に、左に、そして上に、小刻みに移動してこちらを振り切ろうとしてくる。

だが、ナインは影のようにひたすらアイシアの挙動をトレースし続けた。

「……よくついてこられますね。風魔法で加速して、認識阻害も使っているはずなんですが」

アイシアがちょっと焦《あせ》ったように言った。

当然だ。

魔法を使っても筋肉の動かした方で意識の向いている方向が分かる。

「あんたを盾にするのはルール違反か？」

「いえ。審判の身体《からだ》を故意に直接攻撃しなければ大丈夫です」

「そうか」

「――でも、できれば遠慮してほしいかもしれません。傍《はた》から見れば私があなたを故意に庇《かば》っていると誤解をうけかねない状況なので」

「それは知らん」

マリシーヌの赤い奔流にえぐられた土が熱砂となって舞い上がる。

しばらく回避を続けていると、ジャングルにでもいるかのように蒸れてきた。

観客席の防護に会場に結界魔法が張られているのか、熱が逃げにくい。

「くっ。ちょこまかと！　こうなったら──ピュゥ！」

マリシーヌが口笛を吹く。

直後、観客席から会場に跳び入る黒い影。

「おい、あれ、魔犬か。先祖に魔物の血を組み込んだという、希少種の」

「ああ、貴族の猟犬だ」

「あれで男の逃げ道を封じようっていうのか」

「でも、二対一はさすがに卑怯なんじゃや……」

「いえ、これは麗《うるわ》しいペットと主人の絆《きずな》です！　ズッ友フォーエバーです！」

「そうです！　マリシーヌ様とジョセフィーは幼い頃から寝食を共にした家族！　お互いに身体の一部のように身近な存在！　ならば、一緒に戦うのは当然のことではありませんか！」

「主人を襲う暴漢に我が身も顧みず駆け付ける忠犬！　なんと勇ましい！　ワタクシ感動の涙でハンカチがグショグショですわー！」

会場から今日一番のざわめきが起こる。

気持ちは分からなくもない。

昔、戦場にユニコーンが現れた時は、「この修羅の地に処女がいる⁉」と、敵味方問わず大騒ぎになったものだ。

「おい。あれは反則じゃないのか？」

目を血走らせ、涎《よだれ》をまき散らしてこちらに駆けてくる魔犬。

尋常じゃないその速度。

身体強化か、それとも風魔法か。いずれにしろ、ある種のモンスターのように異能を持っていることは間違いない。

「偶発的なアクシデントへの対処能力も試験の評価対象です」

「偶発的、か。わざわざ結界をすり抜ける魔導具の首輪をつけた軍用犬が、ね」

「試合を中断しても構いません。ですが、ノーコンテストの引き分けの場合、私見ですが、学院の上層部はあなたの方に不利な裁定を下すと思いますよ」

「あー、そういや、あの金髪は寄付金がどうのこうのって言ってたっけ」

先ほどの金髪の偉そうな台詞《せりふ》を思い出す。

そうこう話しているうちにも、魔犬は会場の端を大きく迂回《うかい》し、ナインを挟み撃ちにしようとしてくる。

「どうしますか？」

「どうしようかな」

　食いもしない動物をいたぶる趣味はないが、かといってあの犬のために勝利を諦めることもあり得ない。

「私にあなたの行動に口を出す権利はありません。ですが、できれば殺さないであげてほしいです。主人はともかく、ペットに罪はありませんから」

「はあ。……しゃーねーな。あの犬を生かしたいならあんたにも協力してもらうぞ」

　ナインはため息一つ、うなじから垂れる汗を指で拭った。

「え？　ひゃう」

　アイシアが子猫のような声をあげて肩をびくつかせる。

「美味《うま》い。もう一滴《なめ》」

　指についた汗を舐める。

　たちまち身体中に力がみなぎってくる。

「はう、私の汗を？　え、えええ⁉」

　アイシアが目を白黒させて困惑する。

「なあ、あれって犯罪だろ？」

「いや、普段ならともかく、今は殺しさえ許容される試験中だからな」

「聖女に全裸になって密着しながら匂いを嗅いで汗を舐めても罪にならないのか……」

「司法の限界を感じるわ」

「皆様、ご覧になりまして⁉　悪漢がついに正体を現しましたわ！」

「女とあらばのべつまくなしの世紀のド変態ですわ！　性欲モンスターの誕生ですわー！」

「一人だけ聖女ちゃんの汗を頂くなんてずるいぞ！」

「さすがに引くわー」

「皆様のもやもや、お察し致しますわ！　それを晴らせるのは、正義のマリシーヌ様だけです！」

「さあ、みんなでマリシーヌ様を応援しましょう！」

「「「マリシーヌ！　頑張れー！」」」

会場全体から嫌悪《けんお》の視線を感じる。

「ジョセフィー！　いきますわよ！」

「ガアアアアアアアアアア！」

マリシーヌの声とタイミングを合わせるように魔犬が大きく跳躍し、ナインへと飛び掛かってくる。

隙をみたアイシアが身体をずらす。
ナインは魔犬へと向き直り、ノールックで後ろへサーベルを投げた。
ジュン！　とサーベルと熱線が交錯する音。
首元へ迫る魔犬の牙。
その刹那、ナインは魔犬の耳元で全力で手を叩《たた》く。
パアアアアアアアアアアアアン！　と火薬を爆発させたような強烈な破裂音。
キャウウウウウウウウウウウン！
魔犬が悲痛な鳴き声を上げ、耳から血を流し硬直する。
普通の犬でも人間の四倍の聴力があると言われている。
ましてや魔犬ともなればなおさらだ。
聴力が高いということは、その器官は繊細でもあるということ。
すなわち、強みは弱点でもあるのだ。
「今から俺がお前のボスだ。お前も戦士なら、闘争の掟《おきて》に従え」
ナインは右手で首を摑《つか》み、左手をその口に突っ込んで犬歯を全て折る。
言葉が通じないのは分かってる。
だが、犬は序列に敏感である。

故に、本能で強さの序列を感じ取る。

マリシーヌとナインのどちらが強いか、理屈ではなく理解する。

「ジョセフィー！　くっ、永遠に逃げ続けることはできませんわよ！　あなたも男なら潔《いさぎよ》く勝負なさい！」

マリシーヌが観衆の声を代弁するかのごとく叫ぶ。

と言ってくるということは、そろそろ魔力切れか。

「わかった」

ナインは唐突に振り返り、魔犬を投擲《とうてき》する。

「なっ！」

マリシーヌが目を見開く。

不意をつかれたのか、それともさすがに自身の飼い犬を焼き殺すことを躊躇《ちゅうちょ》したのか。

とにかく、それだけの時間があれば、ナインがマリシーヌに肉迫するには十分だった。

「やっぱ、かなりいいの着けてんな」

まず両肩と腹と太ももに飽和攻撃を加える。

ああ、壊すのがもったいない。

戦場なら鹵獲《ろかく》してファーストに渡せばいい肉と交換して貰《もら》えただろう。

いった。


「速──カハッ」

マリシーヌが吹き飛んで観客席の壁にぶつかる。

彼女の着ていたドレス状の防具が、スライムのようにドロドロと溶けて地面に広がって
いった。

「うおおおおおおおおおおおお！」

「いいぞー！　脱がせー！」

「やれー、やっちまえー！」

「嘘《うそ》だろ⁉　ミスリルの防具だぞ？」

「ミスリルが壊れるなんて聞いたことねえ！」

「いや、確か理論上は、ミスリルは全体に同時に過剰な圧力をかければ結合が溶けて液状化する。そうでなくてはそもそも加工ができない」

「それ、普通、職人が百人がかりで薄く延ばしてやるやつでしょ？」

会場が興奮のざわめきで満たされていく。

「──くっ、まさか、この状況で、身体強化魔法を温存しているなんて」

マリシーヌが苦悶《くもん》に顔を歪《ゆが》めながら言う。

（うむ。我ながら上手《うま》く無力化できたな）

もしかしたら骨の一、二本は折れてるかもしれないけど、死なないなら問題ない。

あとは——。

「うわー、身体《からだ》が勝手にー」

ナインはマリシーヌの両手首を左手で掴み、壁に押し付ける。

そして、右手で彼女の胸を思いっきり揉《も》みしだいた。

柔らかい。

ということはつまり、胸の筋肉の鍛え方が足りない。

鍛練をサボってるのか？

いや、「貴族は細い方がモテる文化なの」ってファーストが言ってたし、わざとか。

「きゃあああああああああああああああああああああ」

絹を裂くような悲鳴が会場に木霊《こだま》する。

「きたきたきたあああああああ！」

「授業をサボってきてよかったああああ！」

「最低！」

「死ね変態！」

「現行犯ですわよ！　現行犯！」

「カモンカモンポリスメン！」

そして交錯する男の歓声と女の罵倒。

（よし。これでラッキースケベも達成と。壁ドンする余裕もあったし、完璧だな）

「ふう。さあ、やることもやったし。そろそろ降伏するか？」

ナインは頃合いとみてそう申し出る。

もうノルマも済ましたし、後はさっさとこいつが降参して惚《ほ》れてくれるだけでいい。

「ひぐっ！　な、なにを！　き、貴族がこ、ここまで侮辱されて、降伏などできるはずがないでしょう。さ、刺し違えてでも、あなたを殺して差し上げますわ」

マリシーヌが涙目でナインを睨《にら》んでくる。

これがツンデレというやつか。

「ふーん、じゃあ、戦闘続行か」

もう何発か蹴りをいれ、右手でマリシーヌの髪を摑んで引きずる。

降伏させるには、身体を壊すか、心を折るかの二択。だが、今回は惚れさせるミッションだから肉体を再起不能にするわけにはいかない。となると――。

「かふっ、わ、ワタクシをどうするおつもりですの。まさか、凌辱《りょうじょく》するつもりですの！　三文小説みたいに！」

下着だけになったマリシーヌが震える声で言う。

「どうっすかなー。あ、そうだ」

そこでナインは会場の隅で震えていた魔犬に歩み寄り、左手でその首根っこを掴む。

「キュウウウウウン」

「ま、まさか、ジョセフィーを盾にワタクシに降伏を迫るおつもりですの！　あなたに人の心はありませんの！　卑怯《ひきょう》者！」

「いや、卑怯者はお互い様だろ」

そもそも戦場に卑怯はないのだが、勝つために最善を尽くすことを卑怯と呼ぶならば、そういうことになるだろう。

事実、もし彼女がナインの装備に余計な小細工をしなければ、もしくはこの魔犬を巻き込まなければ、別の戦い方もあった。

「くっ、侮《あなど》らないでくださいまし。ジョセフィーとて誇り高きアルスラン家の一員。戦場で果てる覚悟はできておりますわ！」

「ふーん。こいつはこう言ってるが、そうなのか？　犬」

魔犬をマリシーヌの側《そば》に降ろす。

「クウウウウン！　クウウウウウウウウン！」

魔犬は首をしきりに横に振ると、こちらに腹を向け、完全服従のポーズを取った。

「じょ、ジョセフィー⁉」

マリシーヌの顔が絶望に染まる。

「そうか。生きたいか。当たり前だよな。俺もそうだよ。おい、犬。マリシーヌを襲え。こいつを倒せば、お前を自由にしてやる。もう誰の命令も聞かなくてよくなるぞ」

ナインはそう言って、マリシーヌを殴るポーズを取った。

誇りとか、忠義とか、そんな言葉は人間の勝手な押し付けであって、この魔犬には関係ない。

「ワオオオオオオオオオオオオオオオン！　ガフガフガフガフガフガフ！」

魔犬がナインの意を汲《く》んだかのように、マリシーヌに襲い掛かる。

「ジョセフィー！　う、嘘ですわ！　ジョセフィーがワタクシを裏切るはずがございません！　ジョセフィー、早く正気に戻って！」

腕で身体を庇《かば》いながら、悲痛な声で叫ぶ。

主人の祈りが種族の垣根を超え獣の心を打つ――

「ガルルルルルルルルルルルルルルルル！」

などということもなく、躊躇なくマリシーヌの首筋を狙いに行く犬。

なお、先に魔犬の犬歯は折ってあるので、彼女がすぐに食い殺されるようなことはない。

「痛っ！　痛たたた、これ洒落《しゃれ》にならなっ、ジョセフィー！　ジョセフィー！　思い出してくださいまし！　ワタクシと過ごしたあの日々を！　親犬に捨てられたあなたは、はじめは手のひらよりも小さくていつあの世に逝《い》ってしまうか心配だったワタクシは眠たい目を擦ってミルクとトイレのお世話ああああああああああああああああ！　だから痛いと申してますでしょうが！　このバカ犬うううううううううううううう！」

マリシーヌが苦悶の声を上げ、魔犬に反撃する。

犬の急所である鼻を殴りにいくところを見るとこっちもガチだ。

「ワグウ！　ギャウウウウウ！」

「この！　恩知らず！」

「ガウガウガウガウガウガウ！」

「あああああああ！　もう！　こんなことならさっさと去勢しておけばよかったですわ！」

一進一退の攻防を繰り返す一人と一匹。

「うわあ、えげつないな」

「おい！　家族の絆《きずな》はどうしたお貴族様よお！」

「『飼い犬に手を噛《か》まれる』ってただの比喩じゃなかったのね！　正直いい気味だわ！」

「でもこれって戦闘技術の試験としてふさわしいのか……？」

会場はマリシーヌへの嘲笑半分、ナインへのドン引き半分といった空気だ。

戦場なら確実に大盛り上がりどころか、「ぬるすぎるのでもっと残酷にやれ」と煽《あお》られる場面なのだが、どうやら意外とここの奴《やつ》らはお利口さんが多いらしい。

（もうちょっと煽るか。プライドの高いマリシーヌの心を折るには、さらにダメ押しが必要なみたいだし）

「──おい！　お前ら！　そう！　そこの巻きグソみたいな髪した奴と、毒キノコみたいな色した服着てるやつと、トロールみたいに太ってる奴！」

ナインは観客席を見遣《みや》り、マリシーヌの取り巻きに声をかける。

「な、なにかおっしゃってますわよ」

「誰のことかしら」

「全くわかりませんわ」

シラを切る取り巻きたち。

「いやいや、今更知らないふりすんなよ！　なあ、あんたら、さっきから俺のことをボロクソに言ってくれてたみたいだけどさ！　そんな気に食わないならかかってこいよ！　全員まとめて相手になるぞ！　お前らもこの犬と一緒でマリシーヌのペットみたいなものなんだろ？　だから特別に乱入を認めてやるよ！」

ナインは煽るように三人を指さす。

「ひ、人違いではなくて？」

「ワタクシたちは人の悪口など申しませんわ」

「ええ、ええ。ワタクシたちは淑女ですもの」

取り巻き連中がばつが悪そうにナインから視線をそらし、顔を見合わせる。

「いや、こいつらは確かにお前をボロクソ言って煽ってたぞ！」

「行きなさいよ腰巾着ー！」

「逃げるなー！」

観客の一部が取り巻きを煽り立てた。ナインの味方をしているというよりは、貴族が嫌いなのだろう。

「ですから誤解ですわ！　今は万民平等の新時代。貴族とか棄民兵とか身分にこだわるなんて古臭過ぎますわ！　封建主義なんて糞食らえですわ！」

「そうです！　ワタクシも、所詮は犬なのにジョセフィーなんて気取った名前をつけちゃうあの女のセンスがずっとダサいと思っておりました！」

「ナイン様頑張れー！　庶民の生き血で肥え太った金豚に正義の鉄槌《てっつい》を！」

てっきり逃げるかと思いきや、清々《すがすが》しいくらいに手の平を返してくる自称淑女たち。

「はははは、こっちの飼い犬にも牙を剝《む》かれてやがる！」

「全くざまあねえな！　そりゃ貴族も没落するぜ！」

会場中から失笑が漏れる。

戦場なら裏切り者は殺される運命だが、学院ではこんな見え透いた変心も許されるのか。

「……なあ、あんた。仲間は選んだ方がいいぞ。いざという時にあいつらに背中を預けられるか？」

ナインは飽きれ気味にそう言って、マリシーヌに向き直る。

「あぐっ、うぐっ、う、ううう、して」

「ん？」

「も、もう、許してくださいまし」

マリシーヌは全身傷だらけになり、魔犬と殴り合いの泥仕合《どろじあい》を演じながら、息も絶え絶えに呟《つぶや》く。

「許すもなにも、俺は別にあんたに対して、怒っても憎んでもないんだけどな……。っていうか、今は降伏するかしないかだろ」

頭を掻《か》いて答える。

「こ、降伏、し、ます、わ」

マリシーヌが途切れ途切れに呟き、血の混じった唾を吐き出して、地面に倒れ伏した。

「わかった。犬、もういいぞ」

ナインが、興奮気味に手足をばたつかせる魔犬の首の皮を摑《つか》んでマリシーヌから引き離し、地面に降ろす。

「勝者！　ナイン。救護班はただちに両選手の治療を」

アイシアが厳かに呟いた。

待機していたらしい治癒魔法士が出入り口の奥から駆け出してきて、慌ただしくマリシーヌを運んでいく。

「ぐすっ、ぐすっ、お、覚えてなさい。この屈辱は必ず晴らさせて頂きますわ」

マリシーヌが嗚咽《おえつ》をこらえながら、最後に血走った一瞥《いちべつ》を寄越す。

「おう。──っていうか、思ってた反応と違うな」

ナインは頭を掻く。

これは本当に惚れてるのか？　それともツンデレ継続中か？

「や、やべえ……本当に勝っちまった」

「なんか反則気味だったが……」

「いや、でも徒手空拳で高位魔法剣士に完全勝利だぞ。普通にすごくね」

「いやいや、倫理的に――」

「いや、お行儀がよくないのはどっちもどっちだろ」

「とにかく、強いかもしれないけど絶対に一緒に戦いたくない」

「それはそうだな」

演習場が奇妙なざわめきに満たされる。

「あの、彼にも治療を――私は『両選手の』と言ったはずですが」

アイシアがナインを無視して去っていく治癒魔法士の背中に声をかける。

「ああ、いいよいいよ。別にこれくらい。それより、犬の方を治してやってくれ」

「でも、ひどい火傷《やけど》ですよ」

「いや、焼けてるのは表面だけだよ。変に治されると皮膚が弱くなるから」

「そうですか。では、せめて手の出血だけでも――『光は王と奴隷の区別なく、あまねく照らしたもう』」

アイシアはその両の手の平で、ナインの右手を包み込む。

ナインとは真逆の滑らかで白い肌のぬくもりも、今の火傷した肌には疼痛《とうつう》に過ぎない。

たちまちレイピアに貫かれた刺し傷が塞がっていく。

「おお、あんた、すごいな。魔力の練りの質も高いし、光の魔法って、使える奴少ないのに」

「まあ、これでも一応、この学院の教師なので」

アイシアは自信なさげに言って、魔犬を抱き上げて再び治癒魔法を唱えた。

たちまち元気になった魔犬はアイシアの腕から跳び下り、生の悦《よろこ》びを爆発させるように二人の周りを駆け巡る。

「へえー、先生か！　じゃあ、これから俺にも色々教えてくれよ」

「そうですね。では——まず、『公衆の面前では服を着ましょう』」

アイシアはクスッと微笑《ほほえ》んで、ジャケットを脱ぐ。

それに伴い、ブラウスを窮屈なほど盛り上げる巨乳が出現した。

「ははは、そういや裸だったな。でもいらないよ。服、汚れるぞ」

「構いません」

「でも、俺、多分、洗濯代も払えない」

「構いません。差し上げます」

「えっ、服って高いだろ。先生にそこまで親切にしてもらう理由はないよ」

ただより怖いものはない。

ナインだってそれくらいは知っている。

「そうですね……、ならお礼だと思ってください」

「お礼?」

「はい。本当は私が彼女と試合をする予定でした。ナインくんには、嫌な役目を押し付けてしまいましたね」

アイシアはそう言って、じゃれついてくる魔犬の顎をくすぐる。

「別に嫌じゃなかったぞ。だから、お礼をしてもらう必要もない」

ナインは首を横に振った。

「なら、合格祝いです。戦闘技能特化試験突破、おめでとうございます。ナインくん」

「お祝い? つまり、何も返さなくていいってことか。じゃあ、もらっておくよ」

ナインはジャケットを羽織らず、袖を腰の所で結んで股間を隠す。

全裸の露出狂から、半裸の野蛮人にレベルアップした。

「では、次の試合の準備もありますから退場しましょう」

「おう」

二人は出入り口へと踵《きびす》を返す。

「……ナインくんは、学院で何を学びたいですか？」

アイシアはぽつりと呟く。

「いや、それがさ。多すぎてどれから手をつけていいか困ってるんだよな！　まず文字を覚えなきゃいけないだろ、んで、図書室の本を読破して、ああ！　そう、食堂のメニューも全制覇して、布団《ふとん》を三枚重ねにもしなきゃだし。なあ、先生は何から始めればいいと思う？」

サード、セブン、ファイブ、エイト、色んな顔がナインの脳裏をよぎる。

「そうですね。ナインくんはこの学院で学ばなくてはいけないことがたくさんあります。でも、まずなによりも私がナインくんに学んで欲しいのは、『曖昧』です」

「……『曖昧』？　よくわからん」

ナンバーズの夢はいつだって具体的だった。

正義、忠義、大義、愛国心、そういった漠然とした目標は常に仲間以外の誰かが上から押し付けてくるものだった。

「確かに今日、ナインくんは勝ちました。でも、本当は、戦わなければいけない状況にあなた自身を追い込んだ時点で、負けなんですよ」

「よくわからない。俺は生きている。だから、負けてないよ」

「少しずつ、学んでいってください。法律で禁止されていることと、それ以外の無限の自由。二つの間にある、たくさんの『曖昧』を」

アイシアが背伸びして、ナインの頭を撫《な》でる。

こうして、ナインはルガード戦学院に入学する。

そして、それから三ヶ月。

十七人から決闘を挑まれ、その全てを返り討ちにした。

＊　＊　＊

「ああ。えっと——確か、『曖昧』だろ？」

ナインは何とか思い出し呟く。

「正解です。では、ナインくん。入学してから数ヶ月経《た》ちましたが、『曖昧』わかってきましたか？」

「いや、全然わからない」

「そうですか……。私が渡した本は読みました？」

「いや、まだ文字が難しくて。ああ、でも、一番簡単な絵本だけはちゃんと読んだぞ！

内容も覚えた。『あいさつはおおきな声で』、『おともだちにはしんせつに』、『分かちあえばリンゴはふえる』だよな！」

ナインはそう言って胸を張る。

「ふう……なるほどなるほど。うん！　仕方がありませんね。こうなったら、私が、一時的にナインくんとパーティを組みます。その間に他にパーティを組んでくれる生徒がいないか探しましょう」

アイシアは大きく深呼吸し、気合いを入れ直すように自身の頰を叩《たた》いた。

「いいのか？」

「はい。教師の裁量で認められていますから。でも、特別措置を講ずる分、課題の難易度は格段に上がりますよ。構いませんか？」

「ああ。それは全然いいけど、なんで先生は俺にここまで良くしてくれるんだ？　俺、先生になんもあげてないよな？」

入学してから数ヶ月経って、ナインも教師という生き物の生態が段々分かってきた。

教師のほとんどはなるべく面倒事を避け、義務を負いたがらないのが普通だ。

それなのに、アイシアは逆に自ら面倒事を抱え込もうとする。

どうしてだろう。

単にいい人なのかもしれない。
でも、ナインは対価なしの善意を信じない。
それが、かつてのナンバーズのような一蓮托生《いちれんたくしょう》の関係性でない限りは。
「それは……生徒を助けるのは教師の責任ですから」
アイシアは一瞬言い淀《よど》み、はにかむ。
ナインは本当のことを言ってないと本能的に悟った。
でも、かと言って、彼女が嘘《うそ》を言っているとも思えなかった。
ナインはその笑顔が気に食わない。
それがなぜだか、自分でもよくわからないけど。

第一章　先生と森に行った

学院から乗り合い馬車で約一週間。

学院生たちは南の辺境の街についた。

街とはいっても半ば砦《とりで》と化した城塞都市である。

はるかに広がる大森林を見下ろすように、扇状の城壁が建てられていた。

城壁の一部には魔法や弓といった遠距離攻撃用の小窓——狭間《さま》や魔眼がしつらえられており、物見櫓《ものみやぐら》もある。

ただその城壁はあちらこちらが崩れており、綻びも見られる。

「それでは、ただ今より実習を始めます。一週間以内に所定の魔物を討伐してください。討伐した魔物の鑑定は、提携の冒険者ギルドの方々によって行われ、その印章をもって合格の証《あかし》とします。それでは、皆さん、お気をつけて」

城門の前、アイシアが生徒たちに厳かに告げる。

「どうする?」

「ま、これくらい余裕だな」

「ポーション代は学院持ちだからな。ここはチャレンジしなきゃ損だぜ」

「まずは確実にE級を二体しとめましょう。その後は余裕もって加点を狙いにいきます」

「街道の露営は経験あるけど、森で野宿は初めてだな」

「あー、俺も聖女先生とワクドキキャンプしたかったなー」

「おい。余計なこと言うな。殺されるぞ」

生徒たちが各々《おのおの》の仲間たちと雑談しながら、森へと向かっていく。

「では、ナインくん。私たちも行きましょうか――ナインくん？　どうしました？」

「いや、仮にこの街を攻略するとしたら、どう攻めようか考えていた」

ナインは森に背を向け、城壁を隅々までじっと眺める。

「敵の視点に立ち、常に最悪の状況を想定しておくことは大切ですね。けれど、この街が魔物に襲われる確率は極めて低いかと思いますよ。それはなぜか。――筆記テストでは序盤の点取り問題としてよく出るポイントなので、一応おさらいしておきましょうか」

「先生、さすがにそれくらいは俺も知ってるよ。魔王四方周期ってやつだろ？」

ナインはそう言って踵を返す。

魔王は百年ごとに世界に生まれ、次の魔王の出現予測地域は北である。

ことあるごとに教師たちが口を酸《す》っぱくして説教してくるので、聞き流しているナインでもさすがに覚えた。

「はいそうです。魔王の出現地域は百年ごと時計回りに――つまり、北↓東↓南↓西↓北の順で巡ります。その原因については、星の巡りや地下の竜脈の流れが関係していると言われていますが諸説あり、未《いま》だ結論は出ていません」

アイシアが教壇に立つ時と同じ、流暢《りゅうちょう》な口調で言う。

「つまり、南の魔物は雑魚《ざこ》ばかりってことだろ?」

「端的に言うとそうですが、それだと記述式のテストだと点数を貰《もら》えませんよ。魔王の出現する地域は、魔王誕生前後にその余波で周辺の魔物までもが強化されます。現在、次の魔王は北に出現するはずで、実際、徐々に北の魔物が狂暴になっているとの報告が上がっています。なので、相対的に北と正反対の位置にある南の魔物は弱く見える形になります。ということで、正確に言うと、南の魔物が弱いのではなく、北に近い魔物ほど強いということです」

「違いがわからん。明日の敵のことなんて考えるだけ無駄だ。俺はただ今の敵について知っていればいい」

「一理あるのですが、学院は指揮を執れる幹部級の人材を育成する目的で設立され――まあ今はやめておきましょう。ナインくんは今回の討伐目標を把握していますね?」

「C級の魔物を二体以上か、B級以上のを一体ぶっ殺す」

「はい、正解です。通常ならば、二人組の最低合格ラインはE級二体もしくはD級一体の討伐です。しかし、私が監督者となり、ナインくんは正規の人員を集められなかったペナルティでハードルが上がってしまいました。なお、教師は自衛のための戦闘の他は、回復魔法、もしくは補助魔法の使用しか認められていません。しかも、私が手助けした分だけ考査の評価は落ちます。また、不正がないか監視するため、魔導具によって行動を記録します」

アイシアはそう言って、頭のサークレットを指さす。額の中心に青い宝石がついたそれは彼女に嫌味なほど似合っている。だが、同時にシンプルなローブスタイルとアンバランスでもあった。

「了解。お説教はもういいのか？　じゃ、行くぜ」

ナインは小さく頷《うなず》いて歩き出す。

「えっと、具体的な討伐対象の魔物を決めないんですか？　例えば、私のおすすめは、ジャイアントアントのはぐれ個体を狙うことです。ジャイアントアントは群体になった時の統率度の高さからC級相当とされています。しかし、個体としての強さはEランクに毛が生えた程度です。そして、群れの中には活性度の高くないいわゆる『サボり』個体がいるので、それらを見つけて狩れば安全にノルマの達成が──」

「そういうのはいいから。俺のことは俺が決める。先生はただついてきてくれればいいよ」

ナインはアイシアの言葉を途中で制し、近場の太めの枝に跳び乗った。

「そちらは道じゃありませんよ?」

アイシアは踏み鳴らされて下草だけになった道を指して言う。

「知ってるよ。だからだ」

ナインは木から木へと猿のように跳び移る。

「……もう少し詳しく意図を説明してもらっていいですか?」

アイシアが空中浮遊でついてきた。

風魔法を発動したらしい。

「はあ、城壁の近くは馬鹿で雑魚の魔物しかいないだろ。でも、C級以上となると魔物の知能が上がるから、これだけ大量に丸出しの殺気を放った集団が来たら逃げちまうよ。だから、俺は人が手をつけていないルートで一刻も早く奥に行く必要がある。それが一番高ランクの魔物に出会える可能性を上げる選択だ」

ナインは気怠《けだる》そうに答える。

先生なのに物分かりが悪い。

ナンバーズでここまで言わないと分からないような鈍い奴《やつ》はすぐに死んでいた。

「……確かにエンカウント率という意味では理に適《かな》ってますが、安全性は一切考慮されてないんですね。装備が軽装なのも移動速度をあげるためですか？」

「そうと言えばそうだけど、俺はいつもこんな感じだぞ？」

ナインの服装は入学時から何も変わらない。

強いていえば、血入りの革袋に、藪《やぶ》こぎ用の鉈《なた》が加わったくらいのものだ。

羽虫、羽虫、甲虫、猿、蜘蛛《くも》、蜘蛛、蜘蛛、蛇、また羽虫——進路を塞ぐ魔物を排除しながらひたすら進むがC級は見当たらない。

「D級を三体、E級は十二体ですか。わずか半日、魔法を未使用なのにこの技量。もし生徒と組めていれば、間違いなくトップ3はとれていたでしょう」

アイシアが残念そうに呟《つぶや》く。

「……」

「あ、あの、それでナインくん。そろそろ休憩しませんか？　もう半日以上行軍しっぱなしじゃないですか。お腹《なか》も空《す》いたでしょう？」

「ん？　飯？　それならちょくちょく食ってるぞ」

ナインは木の皮を剝がし、白い幼虫を口に放り込んだ。

クリーミーで美味《うま》い。

森は戦場としては恵まれている。

なにせ水にも飯にも困らない。

これが砂漠や氷河だと段違いにめんどくさくなる。

「ですが、そろそろ日が落ちますよ。適切な野営地を探すべきではないでしょうか」

「野営って……。適当な木の上で寝るのに準備なんて十分もかからないだろ？」

「でも、夜に行軍するのは危険ですよ」

「さっきから半目を閉じて夜目に慣らす準備をしてる。先生は暗視くらい使えるだろ？」

「……お、おトイレに行きたいので、一時的に行軍を停止してくれませんか」

アイシアが声を震わせて言った。

「あ、ああ、なんだよ。そうならそうと早く言ってくれ」

ナインは木の枝を落として罠《わな》がないかの安全確認をしてから、地面へと降り立つ。

「で、では……」

いそいそと草陰に向かうアイシア。

「おう」

その背中をぴったりマークする。

「あ、あの、どうしてついてくるんですか？」

「排泄《はいせつ》時は無防備になるから危ないんだよ。だから見張る」

不意打ちで殺される一番の原因は排泄時の油断で、二番目はセッ○ス中だ。

「わ、私は魔法で警戒できますから安心してください」

「そうかよ。で、出した後のブツはどう処理するつもりなんだ？」

「土魔法で埋めます」

「ダメだ」

首を横に振る。

「な、なんでですか⁉」

アイシアがナインの胸倉を摑《つか》んで悲鳴のようなか細い声をあげる。

「な、なんでって、排泄物にも微量の魔力を含んでいるから、埋めた程度じゃその中に含まれる魔力の痕跡を辿《たど》られる可能性がある。そもそもここは森だぞ？　森はなんでも腐るのが早いし、湿気が多くて臭いも拡散しやすい。そんな所でブツを埋めるなんて、地中に潜む魔物に『ここにいます！』って叫んでいるのと変わらないじゃないか。ぶっちゃっけ、海で撒《ま》き餌《え》をしているのと同じなんだぞ？」

ナインはやんわりとアイシアの手を払いのけて応えた。

この森は比較的低級の魔物しかいないので、そこまで念を入れる必要はないのかもしれない。

だが、手慣れた傭兵《ようへい》のはびこる対人の最前線や上級の魔物がデフォルトな北方では些細《ささい》なミスが命取りになる。

「……わ、私が不勉強でした。こ、これはマニュアルの変更を、検討しなければなりませんね」

「まあ、いいけどさ。先生にも知らないことはあるんだな」

「ぐ、軍学では、兵団の衛生管理責任者としての、排泄機構の整備については勉強しますが、少人数のユニット単位での隠密《おんみつ》行動については資料の収集が不十分――あの、それで、どうすればいいんですか？」

アイシアが青白い顔をして呟く。

「ああ、悪い。ちょっと待っててくれ」

ナインは駆け出し、森を徘徊《はいかい》していた緑色の醜い小人――ゴブリンの首を折り、アイシアの下に舞い戻る。

そして、彼女の目の前でゴブリンの腹を鉈で掻《か》っ捌《さば》いた。

「さ、この中にしろ」

「え？　えっと、これは？」

アイシアがポカンとした顔でナインを見る。

「見ての通りゴブリンだ。クソを隠すにはクソの中ってな。戦場では死体の中にひり出すのが一番安全だ」

「り、理論はよくわかりました。でも、お気持ちだけ頂いておきますね。私は浄化魔法もマジックキャンセルも使えるので、ゴブリンを使わなくとも、ナインくんの懸念《けねん》しているような事態にはなりませんから」

「本当だろうな？」

ナインはゴブリンを置き、アイシアをじっと観察する。

「きょ、教師が生徒に嘘《うそ》をつく訳ないじゃないですか。で、ですから、後ろを向いていてください」

「え、先生のことを疑う訳じゃないけど、背中を取らせるほどは信用できないっていうか」

頭を掻く。

ナインが背中を預けるのは、ナンバーズだけ。

それ以外の奴には任せられない。

「向いててください！」

顔を真っ赤にして叫ぶ。

「わ、わかったよ」

あまりの剣幕に、ナインはアイシアの言葉に従う。

「……『巡り巡る風に終わりはなく、されど凪《なぎ》の休みあり』」

背後の音が消える。

「おっ、サイレンスか？　音を消すのは敵にバレるリスクが減るしいいよな。でも、そこまで音を気にするなら、そもそも会話にも気を付けた方が。念話は使えるのか？」

【……か、帰ったらまず、ナインくんにはレディへの敬意について補講をする必要がありそうですね？】

ナインの脳内に直接言葉が響いてくる。

「おっ、使えるんだな。さすが先生。ひゅー」

感心の口笛を吹くが、その音は魔法に吸い込まれて用を成さない。

光魔法、風魔法の使用は確認した。

さっきの口ぶりだと、土魔法も使えるのだろう。

普通はせいぜい一属性、そこそこできる奴で二属性、三属性となると千人に一人くらいの珍しさだろうか。教師クラスだとザラにいるレベルではあるが。

（でも、先生はもっといける気がするな）

そんな底知れなさを感じる。

（に、しても、敬意ね）

もし本当の仲間なら——ナンバーズなら女だろうが男だろうが、走りながらクソくらいしてもらわなければ困る。

隠蔽している時間があるなら、血も汗もクソも全部垂れ流し、敵を皆殺しにして、追いつけないくらい遠くへ走る。

それがナンバーズだ。

ナインのアイシアの対応は、ごくまれに派遣されてくる面倒くさい上官へのそれ。つまり、今の時点でも、十分お客様待遇なのだが——。

（これは言わない方がよさそうだな）

入学してから三ヶ月、ナインもようやく沈黙の尊さを学びつつあった。

自身の成長に満足しつつ、手頃な蔦《つた》を切りつけ、滴《しただ》る水で口を湿らせる。

夕焼けと呼ぶには少し早い暖色の陽光が、木漏れ日となってナインの顔を斑《まだら》に照らす。

それからさらに三時間ほど先に進んだ頃。

日が落ちきったところで、行軍を停止する。

ナインとしては十分ほどの仮眠を断続的に挟みつつ、夜通し進むつもりだったのだが、アイシアが持たないと判断したためだ。

ナインは鉈で適度に周囲を切り開き、視界と安全を確保する。

アイシアは虚空《こくう》に手を伸ばし、魔除《まよ》けの香と寝袋を取り出した。

さらには、火の魔石を組み込んだ鼎《かなえ》の簡易コンロ、小鍋、水の入った瓶、コップ、塩、パン、肉、香草――次から次へと出てくる。

(空間魔法か)

非常にレアな魔法だ。

ナンバーズでもスリーが、不完全な形でしか使えなかった。

通常はこのように輸送と保存用に用いられるが、スリーは長時間維持するのが不可能な代わりに現実世界の空間をズラして、どんな巨漢の脳みそも心臓も吹っ飛ばすことができた。

「さすがに焚火《たきび》はしないんだな」

「ふふ、私もさすがにそこまで物知らずではありませんよ」

アイシアが苦笑して、無煙の簡易コンロで水を沸かし始める。

「ふーん」

森林の暗闇で焚火をすることは、大量の虫系の魔物を呼び寄せる危険な行為だ。

雑魚《ざこ》魔物や野生動物なら牽制《けんせい》する程度の効果はあるが、逆に人間を恐れないレベルの魔物や野盗にとっては目印となる。

(いざとなったら、放火して魔物をあぶり出す方法もあるけど、先生は許さないだろうな)

森林は脅威でもあるが、木材や薬草、果実等を採取するための資源地でもある。

山火事など起こそうものなら、ナインは街の住民全員から袋叩《ふくろだた》きに遭うだろう。

本来ならそんなの逃げてしまえばいいだけだが、今は学生だし、身元が割れてしまっている。

「……」

アイシアは鍋に入った肉と香草のスープを一煮立ちさせてから火の魔石を外し、カンテラの中へと移す。辛《かろ》うじて顔の輪郭が見える程度の仄《ほの》かな明かりが適度に手元を照らす。

そして、彼女は鍋からコップへスープを注ぎ、それからパンを小さくちぎって黙々と口に運び始めた。

上品な仕草だ。

スープにパンをそのままぶちこんだ方が美味《うま》くて早く済むのに。

「ナインくんも食べますか？」

ナインの視線に気づいたアイシアがパンを半分に割って差し出してくる。

「いいのか⁉　ああ、いや、でも、それも減点対象になるんだろ？　便器共用？　みたいなやつ」

ナインは毒が入ってない限り出された物は食う。

言葉が通じないことも多い棄民兵に唯一共通するコミュニケーションは「同じ釜の飯を食う」だったからだ。

今回はアイシアが毒見してくれている状態だから問題ない。

「便宜供与ですね。いえ、食事の共有は日常的なコミュニケーションの範囲内ですから問題ない――ああ、でも、確かにうるさい先生は突っ込んでくるかもしれません」

アイシアが顎に人差し指を当てて小首を傾《かし》げる。

「ならいらないよ。俺にはこれがあるもん」

ナインは藪《やぶ》から灰色のとげとげした棒を取り出す。

所々についた血は、すでに乾き始めて赤黒く変色している。

「そ、それなんですか？」

「ああ、これ、ゴブリンの背骨だよ」

そう答えて、鉈《なた》の柄で背骨の端を砕く。

「え、た、食べるんですか？　ゴブリンの肉は不衛生ですし、寄生虫の危険性もありますよ」

「背骨だから平気だよ。どんな魔物でも脊髄の毒は薄いから。飲んでみるか？」

ナインはお返しにとばかり背骨をアイシアの前に突き出す。

「いえ、遠慮しておきます。わ、賄賂だと判断されるかもしれないので」

アイシアが首を横に振る。

「そっか。ちなみに死体の方はそこに隠しておいたから、いつでも便所に使ってくれ」

ナインは藪を顎でしゃくり、脊髄をすする。

ちょっと苦いがどうってことはない。

「お、お気遣いありがとうございます」

アイシアがコップで口元を隠して言った。

それきり、沈黙が場を支配する。

濁音だけで構成された鳥の鳴き声と獣の遠吠《とおぼ》えが聞こえる。

おそらく、普通の人間なら不気味に感じるであろうそれらの音は、ナインにとってはかえって心安らぐ子守歌のようなものだ。

「ナインくん」

ぽつりと呟《つぶや》くように言う。

「ん？」

「質問したいことがあります。これは教師としてではなく個人的な興味からくる質問なので、答えなくても構いません」

わざと感情を抑えたような平坦《へいたん》なトーンで語る。

「なんだよ。改まって」

「決闘や今日の様子を見る限り、ナインくんはすでに学院に通わなくても、傭兵《ようへい》や冒険者として生計を立てていくだけの実力が十分にあります」

「そうかもな」

「もちろん、実力者でも学院に通っている人はいます。正義感に駆られて、もしくは、名誉や、学歴、軍人としての出世を求める人がそれに相当します。でも、ナインくんにはそういう欲望があるようには見えません」

「うん。まあ、少なくとも、今先生が言ったやつはよくわからないや」

「なら、ナインくんはなぜ学院に通おうと思ったのですか」

「ああ、そりゃ、学院に通うことでしか叶《かな》えられなさそうな夢がいっぱいあるからな」

ナンバーズの夢はどれも一筋縄ではいかないものばかりだ。

とはいっても、ナインは散っていった仲間への弔いのために、彼らの夢を代わりに叶えたい──という訳ではない。

死は死であり、仲間の夢をナインが叶えたところで何の意味もないことは自明だ。

しかし、唐突に終戦を告げられ、不意の自由を与えられた時、ナインには特にやりたいことがなかった。

だから試しに、他のナンバーズの夢を借りてみようと思ったのだ。

その中にぴったり自分にはまる夢があるかもしれないし、ないかもしれない。

でもなければないで別にいい。

ナインは夢がなければ生きていけないほど弱くないし、現にそうして生きてきた。

夢はナインにとってはなくて当たり前のものだ。

要するに、当座の暇つぶしであって、深く考えてのことではない。

だから、ルガード戦学院を受験したのにも、叶えられる夢の数が一番多そうな場所だと単純に判断しただけのことである。

（ま、誰の夢であれ、思ったよりも叶えるのは難しいものだな）

入学試験の時は早速シックスの夢は叶えられるかと思ったのに、あれっきり、あのマリシーヌとかいう金髪女を学院で見かけることはなかった。

「……その夢、具体的に伺っても？」

「ん？　そうだな。例えば、サードは『図書館の本を読破する』だし、ファイブは『学校をトップの成績で卒業する』だし、シックスは『物語の英雄みたいな活躍がしたい』だし、セブンは『マッチョなイケメンだけのハーレム生徒会を作る』とかだな。まあ、最後のは俺には達成が難しいんだけどさー」

「えっと、その中にナインくん自体の夢はないんですか？」

「ああ、特にないな。必要ないし」

そう、ナインには夢がない。

だが、それがどうした。

ナインが一生かかっても達成できなさそうな仲間たちの夢がいくつもある。

そして、夢がなくたってどうってことはない。

「そうですか……」

アイシアが目を伏せる。

「じゃあ、先生は？」

「私ですか？」

「ああ。俺だけ言うのはおかしいだろ」

何でも与えっぱなしはよくない。

たとえそれが質問に答えるという些細《ささい》なことであっても、一方的に片方ばかりが受けるという状況が積み重なれば、やがて上下関係を作ることに繋《つな》がる。

「うーん、そうですね。私は――『世界で一番立派なゴブリンになること』でしょうか」

アイシアはしばらく考えたあと、ナインがしゃぶっている背骨を一瞥《いちべつ》して言う。

「なんだそれ。よくわからねえ」

吸い終わった骨を地面に突き刺して首を傾げる。

「私のことはいいんです。とにかく、是非、ナインくん自身の夢を見つけてください。これは私からのお願いです」

はにかんだ、何かを誤魔化すような笑み。

ナインはアイシアが好きだが、やっぱりこの笑い方は嫌いだ。

カラカラカラカラ。

＊　＊　＊

樹上で幹に背中を預け、浅い眠りにまどろんでいたナインは静かに目を開いた。

蔦《つた》と枝だけで作った簡易な警戒網に何かが引っかかったらしい。

ポケットに手を突っ込み、隠し持っていた石を掴《つか》む。

【攻撃は待ってください！　誰何《すいか》を！】

躊躇《ちゅうちょ》なく石を投擲《とうてき》しようとしたナインの腕を、アイシアの声が制止する。

わざわざ声を出して、こちらの居場所を教えろというのか。

戦場では警戒網に引っかかった時点で、敵か無能な味方であることは確実なので、とりあえず攻撃するのが当たり前であった。

解《げ》せないが、先生の指示ならば仕方がない。

「止まれ。名前を言え！」

樹上でそう叫んでから、跳んで地面へと降りる。

ここで沈黙するなら、さすがに疑いようもなく敵だ。

すなわち、言葉を持たない魔物か、悪意のある人間かの二択である。

「ひゃ、いひゃひゃ！　愚僧はルガード戦学院、で、D組所属、ヘレンです。感光名《ブライトネーム》は
イザヤあああああああああああ！」

家禽《かきん》が絞殺《こうさつ》される寸前のような声で、不審者が叫ぶ。

「誰だ？」

「D組ということは、一般入試組の生徒さんですね。――いえ、この気配は、まさか」

アイシアが深刻そうに呟いて、カンテラの灯《あか》りをつける。

「お逃げくだされえええええ！　お逃げくだされえええええええええええ！　不浄にございまするうううううううう！　不浄にございまするうううううううううう！」

藪から出てきたヘレンは、猫背の女だった。

肩まで伸びた黒いクセっ毛をヴェールで覆い、修道服を身に纏《まと》っている。

どこかで転んだのだろうか。

修道服は泥と木の葉にまみれ、脛《すね》には軽い擦り傷があった。

戦闘力はなさそうだが、光魔法の使い手ならば不自然でもない。

だが、問題は彼女が引き連れてきたソレにあった。

「おいおい。ゾンビにレイスまでいるのかよ！　あいつら下手すりゃA級のモンスターじゃなかったか⁉」

ヘレンの背中を追うのは、腐敗臭をまき散らす醜悪なモンスターたち。目玉の飛び出たロングクロードッグ、腹から内臓の飛び出たロングアームエイプ《手長猿》、首の折れたスイカドリ《蹴潰鳥》——とにかく、この辺りに出現する雑魚《ざこ》モンスターのゾンビが選《よ》り取り見取りで、地獄の動物園のような騒ぎになっている。

あげくの果てには虎落笛《もがりぶえ》にも似た呻《うめ》き声を上げる半透明の幽体が、黒目だけの瞳で恨みがましい目で生者を睨《にら》みつけている始末。

一般的に死体の腐敗の進行が速い森林部ではゾンビは発生しにくいと言われている。魂を餌にする精霊の類も多く、レイスを始めとする霊体系のモンスターも生じにくいはずなのだが——現実は現実だ。目の前の光景を受けいれて戦うしかない。

「ナインくん！　ヘレンさんを守りながら、詠唱の時間を稼いでくれますか⁉」

「それは構わないけど、先生が手を出していいのかよ」

「アンデッド系のモンスターは放置すると危険な公害種に認定されています！　ですので、成績の算定対象から除かれる例外的対応です！　『川の流れは淀《よど》みを許さず、風は流れて輪廻《りんね》を誘い給《たま》う——』」

アイシアが早速詠唱を始める。

「ふーん、先生が倒してくれるなら楽でいいけどな」

ナインは革袋に入った血を一口飲む。

霊体系のアンデッド系には物理攻撃が利《き》かない。

なので、通常は光魔法か高位の火魔法で対処する。

それらの手段を準備できない時、どうしても生身で対処しなければならない場合には、霊体が生と性のエネルギーに弱い性質を利用する必要がある。

つまり、ナニをアレして白濁液を拳にこすりつけてぶん殴るのであるが、体力も使うし、なるべくならやりたくない。

「ひいいいいい！　お助けえええええええええええええ！」

「ちっ、大人しく先生のところでじっとしてろ！」

ナインはヘレンの修道服の襟を掴み、アイシアの方に転がす。

ゾンビモンスターたちは鳴き声もなくナインに襲い掛かってきた。

ナインは石片を拾い上げ、それを迎え撃つ。

さすがにゾンビに直接触れるのは避けたい。

ザンッと――スイカドリの太い脚から繰り出される一撃をはじく。

攻撃が重い。

（なんだ、こいつら。ちょっと強くなってる？）

普通、ゾンビの能力は生前に劣る。

耐久力はともかく、元はＤ級程度のモンスターのゾンビがこれだけ素早い動きをできるのはちょっと異常だ。

（まあ、練習にはちょうどいいけどな）

ロングクロードッグの頭を潰しその身体《からだ》を蹴り上げて、レイスの放った冷死の光線の盾にする。

「――原初に主の作り給いしは、闇ならざるや。光あれ！」

そうこうしている内に、アイシアの魔法が発動した。

闇夜にどこか暖かみを帯びた柔らかい光が拡散する。

たちまちゾンビはただの死体に戻り、レイスの魂が分解され星空に融《と》けていく。

「おお、おおお！　た、助かり申した。あ、ありがとうございまする。それにしても、な、なんと神々《こうごう》しい聖魔法。さぞ、徳の高い御坊とお見受けしましたが、お名前を伺ってもよろしうございまするか」

ヘレンは手を組み、跪《ひざまず》いてアイシアを見上げる。

「はい。私はA組の担任、アイシアです」

「あ、あああ、王女様、終わった。愚僧、王国式の宮廷マナーなんて知らない。打ち首決定……」

そのまま地面に五体投地し、兎《うさぎ》のように身体を震わせる。

「えっと、王制は廃止されましたし、ヘレンさんがイザヤという旧約の感光名をお持ちということは戒律派ですから、新約派の王国の元臣民でもありませんよね？　とにかく、今の私はただの教師なので、そういった格式ばった礼式は不要ですよ」

「……ああ、なんと寛大なお言葉。さすがは聖女、アイシア先生。『人の言葉におしなべて原罪あり。書の諍《いさか》いは人の業にて、神に依《よ》らず。光の輩《ともがら》に敬意を』」

ヘレンはむくりと上体を起こし、祈りを捧《ささ》げた後、ヴェールを上げて素顔を晒《さら》す。

動物でいえば、気弱な狐《きつね》っぽい顔だ。もしくは、獲物を横取りされたハイエナの顔にも見えた。その卑屈な態度には嗜虐《しぎゃく》心を煽《あお》る雰囲気があり、戦場ならいじめられて殺されるか、態度だけでかい女を殴るのが大好きな男の情婦になって、結局死にそうな感じだ。

「『敬意を』──それで、一体何があったんですか？」

アイシアは儀礼的に手を組んでそれに応えて言う。

「そ、そうです！　先生、どうかお助けください。愚僧を含めた善女五人が夜陰に紛れた四足獣の魔物たちに奇襲を受けました。何とか壊滅こそしなかったものの隊列が崩れ、そのままバラバラになってしまい、森を彷徨《さまよ》っておりましたところ、なぜか不浄のアンデッドどもに集られて先ほどのような醜態をお見せすることになってしまい申した」

「なるほど。アンデッドの発生原因は後々調査するとして——四足獣の魔物ですか。敵の具体的な数、牙の生え方や爪の本数や毛の色は分かりますか？」

　アイシアは冷静に問いを続ける。

「数は五体前後、外見はき、奇襲の混乱でそこまで判別している余裕は——ああ！　しかし、光魔法を使い、多様な光源を確保している愚僧どもが近づかれているのに気づかないほど、隠密《おんみつ》に長《た》けている奴《やつ》らかと、思われまする」

　ヘレンが絞り出すように言った。

「森に生息し、擬態にすぐれた四足獣の魔物。おそらく、C級のグラインダーカメレオン、もしくはD級のロング《長》クロー《爪》ドッグ《犬》の老練なチーム——そもそも、一般入試組の生徒の戦闘試験のノルマは、戦試組よりも平易に設定されているはずです。にもかかわらず、どうしてこのような所まで先行する危険を冒したのですか？」

「今日は聖マニウスの月、殉教日、アウグレアの受難日、踏み固められた道は全て凶。故に神が与えたもうた試練と思い、道なき道に足を踏み入れた次第」

「戒律派特有の物忌《ものい》みですか……。状況は分かりました。教師の義務として助力しましょう。一応確認ですが、教師から戦闘行為を伴う補助を受けた場合、救出結果の有無にかかわらず落第となりますが、構いませんね？」

「はい。ああ、しかし、貧しき愚僧どもの教会に留年するほどの学資の余裕は——いえ、仲間の命には替えられません。ああ、しかし、ここで不良な成績を残せば、後輩たちへの推薦枠が……。そうです。こんな時には聖典を思い出すのです。『神のために傷つくものは、天の栄光に預かれり』。殉教は善女の誉れ。ああしかし、『困難にある同胞《はらから》から目を背けるならば、私もあなたから目を背ける』……」

ヘレンがぶつぶつと呟《つぶや》き、一人の世界に入ってしまう。

「……ナインくん」

「なんだ？」

石を握ったまま周囲を警戒していたナインは、視線を森の暗闇に向けたまま答えた。

「もしよければ、ナインくんがヘレンさんを助けてあげてくれませんか。緊急時に生徒同士が臨時にパーティを組むことは、学則でも認められています。救出側には加点もつきますよ」

「嫌だ」

即答する。

「どうしてですか？」

「弱い奴を助けると、そいつは助けた奴を頼るようになって成長を止める。だからといって、途中で切り捨てると、なぜか最初から手を差し伸べなかった奴よりも恨まれる。最悪共倒れだ」

優しい奴ほど早く死ぬとは、そういうことだ。

「一理あります。ですが、彼女もこの学院にわざわざ入学しようというのですから、向上心はあるはずです。そして、光魔法の使い手は貴重です。ですから、今後ナインくんが学生生活をしていくにあたって、ヘレンさんのような光の教徒の協力を得られれば大きな助けになります。パーティに光魔法が使える者がいるといないとでは継戦能力が段違いですから。そうですよね？　ヘレンさん」

アイシアがヘレンに目配せする。

「使えません」

肩を落とすヘレン。

「え」

絶句するアイシア。

「愚僧は教会の神試を含め、全てのギルドの記述試験の合格実績を持っています。故に主に勉学方面での貢献を期待され、教会の推薦メンバーに選ばれました。ですが、なぜか神は愚僧に光の恩寵《おんちょう》を賜りませんでした。ですので、愚僧のパーティでの役目は荷物持ちであり、いてもいなくても一緒なので、真っ先に逃がされ、助けを呼ぶ役目を与えられたのです」

「だ、そうだが？　そりゃこいつが自分でアンデッドを処理できていなかったのも納得だ」

ナインはアイシアに胡乱《うろん》な視線を送る。

「……か、彼女自体が光魔法を使えなくとも、彼女の仲間たちは使えるでしょう。ここでナインくんがヘレンさんを助ければ、きっとその仲間たちが感謝してナインくんを助けてくれるはずです」

アイシアが目を泳がせながら答える。

「それ全部何の保証もない推測だろ」

「ナインくん、戦場での弱者が、他の場所でもそうだとは限らないんですよ。例えば、裕福な商人は個人の戦闘能力としては弱者ですが、筋骨隆々な猛者《もさ》たちを雇い、顎で使える社会的強者です。街角で物乞いをする足の不自由な老人が実は裏社会の元締めであり、彼を軽んじたばっかりに重要な情報を得られず、大功を逃した将軍の逸話もあります。ですから、どんな人でも侮《あなど》らずに優しくしてあげた方が、結局巡り巡って自分のためになるんです」

アイシアが諭すように言う。

「侮るとか侮どらないとかじゃなくて、対価を払えるかって話だろ。で、こいつ金はないってさっき自分で言ってただろ、貧乏な坊主《ぼうず》ってことは権力もないだろ、それで雑魚《ざこ》い上に、人望も――ないよな？　もしあるなら、絶対仲間がついてきてるはずだ」

いざという時に、自然に人が付き従う。

それがリーダーというものだ。

「あ、あばばばばばば、違います違います。ガリ勉ワカメも地味地味紙魚《しみ》虫も悪口じゃなくて親しみのあらわれなんです。『神の国では低き者ほど高められ、高き者ほど低められる』、『孤独は優れた精神の持ち主の運命である』」

ヘレンが頭を抱え白目をむき、左右に小刻みに揺れながら妄言を垂れ流す。

あまりにも不気味な魔物っぽい挙動で、ナインは思わず石を投げそうになった。

「ナインくん！」

「はあ、わかったよ。どのみちC級以上の魔物を探してるんだし、そいつらを見つけられる可能性があるなら一時的に手を組むのも悪くない」

ナインは肩をすくめて言う。

さっきのアンデッドはそれなりだったがどうやら成績にはならないらしいし。

「よくできました」

アイシアがほっとしたように頷《うなず》く。

「俺が先行で露払いをする。間にヘレンを挟んで、最後尾は先生が万が一のバックアップ。これでいいな？　指揮権だけは絶対に譲らない」

「はい。私はそれで構いません——よかったですね。ヘレンさん。ナインくんが臨時グループを組んでくれるそうですよ。これでペナルティなしで救出に向かえますね」

アイシアが励ますようにヘレンの肩を叩《たた》く。

「え？　あ、はい。あなたが愚僧どもを助けてくださるので？」

ヘレンが我に返ったように黒目に戻り、ナインへ意識を向ける。

ナインは小さく頷く。

「おう」

「おお！　ご慈悲に感謝します。是非お名前を伺わせてください。愚僧は決して一度会った方の顔と名前は忘れません」

ヘレンが顔に喜色を浮かべて手を組む。

「ん？　ナインだけど」

さっきからアイシアが散々名前を呼んでるのに、聞いてなかったのか。

こういう気分と集中力にムラがあるタイプは要注意だ。

「ひっ、う、噂《うわさ》の元ナンバーズ《番号持ち》。お、犯される」

ヘレンがヴェールを下げて、警戒するように後じさる。

「犯さねえわ！　どんなイメージだよ」

「だ、だって、棄民兵の仲間になるためには、一番大切なものを差し出さなければならないマナーなのでしょう。つまり、光の教徒にとっては時に命よりも大切な愚僧の貞操を――」

ヘレンが股間の辺りを両手で押さえて、怯《おび》えた目でナインを見てくる。

「ああ？　どっから仕入れたんだよそのホラ話。棄民兵には武器以外で個人の持ち物はないんだよ。戦場でいちいち盗《と》った盗らないで揉《も》めてる暇はないからな」

「つまり、『あとは皆様のおもちゃです』ということですか……。初体験がそんなめちゃくちゃな……。いえ、しかし、マケダラのアリア然《しか》り、信仰心さえあれば肉の穢《けが》れは必ずしも天国への道を閉ざすものではないのかもしれませんが――」

ヘレンが顔を真っ赤にして、再び妄想モードに入った。

「おい、なんだこいつ。本当に大丈夫か？」

ナインは眉根を寄せ、確認するようにアイシアを見る。

「……さ、先を急ぎましょうか。命に関わることですから」

アイシアはナインの質問に答えることなく、キャンプ用具を空間魔法で収納し始める。

「で、ヘレン、逃げてきたルートは覚えてるのか？」

「いえ、そんな余裕はなく……」

「そうか。足跡を辿《たど》ればいつかは元いた場所に行きつくだろうが、その様子だと右往左往してゴチャゴチャしたルートを通ってるっぽいし、時間がかかるぞ」

「私が探索魔法を使いましょうか？　補助魔法ですので、減点対象とはなりますが、ナインくんは救出点の方が上回りますし、ヘレンさんも仲間とマイナスを分担すれば大した減点にはならないでしょう」

「俺はどっちでもいい」

「お願いしまする」

「では使いますね。『風は気まぐれ。旅は一期一会《いちごいちえ》。会える会えぬは運命なれど。風の便りを乞い願う』……一番近いのは北西の方角に二人ですね。次に北東に別の二人。この辺りまで進出してきている人間は少ないのでまず間違いないと思いますよ」

アイシアが歌うように詠唱し、空中に出現させた暗い緑の蛍光色の矢印で行き先を示す。

「わかった。じゃあ行くか」

ナインは樹上へと跳び上がる。

「ちょ、ちょっとお待ちを。まさか、そのまま樹上を進軍するのでございまするか？」

「あ？　そりゃこっちの方が安全だし、視野も広いしな。ヘレンも先生みたいに飛ぶか、俺みたいに跳べよ」

「ですから、愚僧は魔法は何も使えぬのです……」

「俺も魔法は使ってないんだが……。ちっ。しゃあねえな。背負ってやるから舌を噛《か》むなよ」

ナインは地上に降りて、ヘレンへ背中を向けた。

「あ、ああ、と、殿方とこんなに密着してしまうなんて、後で水垢離《みずごり》確定でありまする……」

「危ないから奥歯を噛みしめて黙ってろって」

ナインは手近な蔦《つた》を引きちぎり、赤子の背負い紐《ひも》のようにヘレンを括《くく》る。

「承知。不言行は得意でありまする……」

ヘレンが口を噤《つぐ》んだ。

ムフー、ムフーと荒い鼻息が耳にかかって鬱陶しい。

「ナインくん。その調子です。中々紳士的で良いですよ」

「それも評価対象なのか」

「いえ。でも、1アイシアポイントを差し上げます」

「それ集めると何かいいことあるのか？」

「なにもありません。あ、でも、頭をいい子いい子するくらいなら」

「……先生も黙っててくれ」

「はい。ではリーダーの指示に従いますね」

どこか愉快そうに言う。

アイシアの矢印に従って進軍する。

鉤爪《かぎづめ》形の星座――通称海賊王の右腕が空の向こうに沈む頃、ナインは足を止めた。

【百メートル先で戦闘中ですね。ナインくんは気付いているみたいですが一応】

アイシアが念話を送ってくる。

とっくに音で気付いていたが、そうでなくても断続的に暗闇の中で弾《はじ》ける光を見れば自明だ。

まだ魔物の姿は見えないものの、肌に感じる殺気の程度からすると大した強さではない。

「俺はA組のナイン！　ヘレンに頼まれて来た！　助けに来たぞ！」

敢《あ》えて大きな声を出しながら戦闘の中心に近づいていく。

もしC級以上の魔物がいるなら、ヘレンの仲間に倒される前にこちらに引きつけてさっさと討伐数を稼ぎたい——のだが、反応がない。

これはグラインダーカメレオンの方だな。

ロングクロードッグなら、新手に対する情報を仲間と共有するために鳴き声を上げるはずだ。

「姉妹たち、お、お待たせしたでございまする！　神の恩寵に導かれ、戻って来ましたぞ」

ヘレンが感極まった声で言った。

「え、本当にヘレンが救援を？　魔物を引っ張ってきたんじゃなくて？」

「っていうか、本当にヘレン？　死体に憑依《ひょうい》したシャドウ系の魔物じゃない？」

背中を預け合い、杖《つえ》を構えた修道女二人が、疑念たっぷりの声を上げた。

想像していた反応とだいぶ違う。

「……なんかめちゃくちゃ言われてるが」

「た、確かに愚僧は魔物の襲撃を受けやすい気がしまする。ああ、それに猫や犬に嫌われまする。ですが、姉妹たち、『これも神の与えたもうた試練。試練多き者ほど悟りに近い』と励ましてくれたではありませんか。まさか、神の信徒が嘘《うそ》を、嘘を、ヒョロロロローン」

まるで先ほどのレイスみたいなすすり泣きが聞こえる。

鬱陶しい。早く降ろそう。

「A組担任のアイシアです。怪我人《けがにん》はいらっしゃいますか」

木陰から顔を出して呼びかける。

「アイシア先生！」

「良かった。本当の増援だ」

修道女たちが安堵《あんど》の溜息《ためいき》を漏らす。

「で、魔物だけど、俺が狩ってもいいよな？」

ナインは樹上から跳び降り、修道女の近くに着地する。

それから、蔦を切ってヘレンを地面へ降ろした。

「え、それはもちろん構わないけど……居場所が分からないわ」

「ライトボール《光球》で牽制《けんせい》しながら居場所を探ってるんだけど、全然見つからないの」

修道女たちはさりげなくヘレンを間に挟んで守る姿勢を取った。

「見つからないって、そこにいるじゃん。C級くらいなら身を隠す知能はあっても殺気丸出しだし」

ナインは装備した革袋に指を突っ込む。

それから指先についた血を舐《な》めとる。

そして、迷いなく目星をつけた木に歩み寄り、その幹をガンガン蹴り飛ばす。

シュー ッと蛇に近い、かすかな鳴き声と共に、塊が降ってくる。

脚力に重力を乗せた不可視の一撃。

それをナインは半歩引いてかわし、ノールックで踏み潰した。

やがて擬態が解けて、頭部を失った爬虫類《はちゅうるい》の赤茶けた肌の色が星明りに照らされる。

グラインダーカメレオン。

ナインの戦場においては安全に確保できる食糧とみなされていた。

雑食で死肉も漁《あさ》るタイプなので個体差はあるが、基本的には鶏肉《とりにく》に近い味がして結構美味《うま》い。

シャ。

「逃がすかよ」

ナインは九十度回転し、ポケットの石を投擲《とうてき》した。

グチャ、ボトっと確かな手応え。

グラインダーカメレオンは集団で狩りをするものの、連帯意識は薄く形勢不利と見ればすぐに逃げ出す。そういう意味でもあと腐れがなくて食糧にするには上等だ。

「す、すご。グラインダーカメレオンってあんなに脆《もろ》かったっけ？」

「いや、風魔法の援護なしの矢なら弾くくらい固いはずだよ」

修道女たちが囁《ささや》き合う。

「――で、先生、これでミッション達成でいいのか？」

グラインダーカメレオンの死体を蔦で木に吊《つ》るし、血抜きをしながら尋ねる。

「はい。ナインくんの分は達成です。でも、今はヘレンさんとの合同ミッションなので、連帯責任でそちらのノルマを達成するまでは帰れません。一般入試組の生徒さん五人組だと、Ｅ級五体、もしくはＤ級を三体以上ですね」

アイシアが素知らぬ顔で言ってくる。

そんなの聞いてない。

「あ？　おい、あんたら、これまで何匹の魔物を殺した？」

「え、ごめんなさい。Ｅ級のを一体しか」

「ヘレンが魔物を引き寄せやすい体質なのは知ってたから、集団に囲まれないように魔除《まよ》けの香をたくさん持ってきてて。勘の鈍い弱った個体を倒そうかなって作戦で。C級以上の魔物には効かなかったみたいだけど」

修道女たちが申し訳なさそうに答える。

「ちっ、まあいいか。昨日俺が昼間にぶっ殺しまくった雑魚《ざこ》を数に含めれば余裕で達成じゃねえの？」

「残念ですが、ヘレンさんと組んで以降の討伐が対象です」

指でバッテンを作って言う。

「そうかよ。じゃあ、俺が帰りがてら雑魚をぶっ殺してやれば解決だな」

「パーティは一定の距離を離れると解散扱いで実習失敗となります。権力者や富裕者が実力者に一方的に寄生するのを防ぐための措置です」

「ああ、もう本当にめんどくせえ――全員を背負っていく訳にもいかないしな」

ナインは力任せにグラインダーカメレオンの皮をはぎ取り、枝にかける。

「はい。ということで、私がナインくん以外の皆さんに風の補助魔法をかけて移動速度を上げますから、それで我慢してください。ナインくんからしたらそれでも遅いでしょうが」

「まあ、それでもいいけど、一応試してみたいことがある。──おい、ヘレン」

「へ、へひゃ、愚僧に何か用でございまするか？」

指で地面に謝罪文らしき文字列を書いていたヘレンが、ビクっと肩を震わせる。

「ちょっと舐めていいか」

ナインは敵意がないことを示す満面の笑みで言った。

「ひうぃ、や、やっぱり、救出の礼に愚僧の貞操を」

「違う。確かめたいことがあるから、あんたの血の味を知りたいだけだ」

「そ、そんな悪魔的な……し、しかし、恩人の頼みとあらば断《こと》わる訳にもいきませぬか」

「いいんだな？」

「や、優しくお願いしまする」

「別に死にはしねえし、痛くもないからそんなにびびるな」

ナインはへたり込むヘレンの修道服の裾をちょっと上げて、脛《すね》の擦り傷に口をつける。

初めはただの鉄さびの味、次いで肉食獣の胆汁にもにた独特の臭みとエグみが鼻の奥に広がる。

「ひういいいいいいいいいいい！　神よお許しくだされえええええええ」

「ねえ、ナインって……」

「ああ、入学試験で全裸で貴族の女の子を押し倒した……」

修道女たちがひそひそと囁き合う。

「おしっ！　やったな！　やっぱりクソまずいぞ！　ヘレンの血！」

ナインは脛から顔を上げてペッと唾と一緒にヘレンの血を吐き捨てて言う。

「あ、あう、何か物凄《ものすご》く傷つくのでございまするが……」

「いや、誉《ほ》めてる。人間にとってまずい血ってことは、魔物にとっては美味い血ってことだからな。ヘレンの血は強力な誘引剤になるぞ。っていうか、ヘレン、この味からすると、闇属性の方が適正あるんじゃねえの。なんで光の教徒なんてやってるんだ」

ナインは戦場で老若男女《ろうにゃくなんにょ》様々な血を飲んで来た。そのおかげで、血の味でその者の魔力適性を判別する技能が身に付いたのだ。

そもそも闇の魔法の適性を持つ者が希少だが、その中でもここまでまずい血は中々珍しい。

これで先ほど、アンデッドたちがヘレンに群がっていた理由にも得心がいった。ゾンビからすれば、彼女の血は一滴でもごちそうなのだ。一部のゾンビが強化されていたのも、ヘレンの擦り傷から流れた血を摂取したためだろう。

「な、なにを、愚僧は、敬虔《けいけん》な神の信徒でありまする。これまで、一度も御心に背いたことなどありませぬ。聖典はもちろん、各宗派の口伝を守り、善きザカリア人《異教徒》のマナーも尊重してきたのに、そんな愚僧が、まさか、異端なぞ、ありえませぬ……」

口をポカンと開き、白目を剝《む》く。

「あー」

「バレちゃった……」

ヘレンの仲間の修道女たちが気まずそうに呟《つぶや》いた。

「え、なに、これ言っちゃだめなやつなの？」

「いえ、大戦終結時の条約により公的には魔法の全属性平等が保証されているんですが……。えーっと、とにかく、私は新約派の教徒なので、細かいことは気にしません」

「あの、うちの教会の魔力の属性測定器は安物で、光属性持ちかそれ以外しか判別できなくて」

「大教会とかにバレるとめんどくさいんで、あまり言いふらさないであげてくれますか……」

アイシアと二人の修道女が奥歯に物の挟まったような口調で言った。

「えっと、よくわからんが、これが『曖昧』か？　無視しとけばいいやつか」

「そうです。ナインくんも分かってきましたね。1アイシアポイント差し上げます」

「まあいいや、とにかく、移動するより、ヘレンの血を空中散布して敵を釣った方が早いから、ちょっと血を貰《もら》うぞ」

ナインはそう言って、先ほど剝いだ皮の尻の穴に土を詰め、即席の袋を作る。

「ああ、『もし右の目があなたをつまずかせるなら、えぐり出して捨てなさい。もし右の手があなたをつまずかせるなら、切って捨てなさい』ならば、神よ！　血が罪深き愚僧はいかがせん」

ヘレンは瞑目《めいもく》し、自己陶酔モードで祈り始めた。

「しっかりしろよ！　お前は仲間を救いたいんじゃないのか！　俺は異端とかはよくわかんねえけどよ。昔、フォースっていう火魔法しか使えないのに光神教徒の坊主《ぼうず》がいてさ。でも、『光魔法使いの教徒が一人治しよる間に、ワイは味方を十人殺す敵を百人焼く！　せやからワイの方が偉いんや！』って堂々としてたぞ！　それが信仰ってやつなんじゃないのか！」

ナインはヘレンの方を揺すって発破をかける。

「は、はうぁ！　つ、つまり、ナイン殿は『なすべき善を知りながら、それを行わないのは、その者の罪である』そうおっしゃる!?」

急に目をカッと見開き、声を上ずらせる。

「罪とか善とかは知らないが、戦場で自分の力を出し惜しむ奴《やつ》は死ぬぞ」

「ふひひひひ、然《しか》り然り！　時に神は最愛の一人子すら贄《にえ》に求むるもの。ならば愚僧の血などなぜ出し惜しむことがありましょうや！　我、正道を得たり！」

ヘレンは目を血走らせて叫び、自身の手首を噛《か》みちぎる。

たちまち泉のようにこんこんと血が湧きだした。

「え、いや、出し惜しむってそういう意味じゃなくて――ああ、もういい！　それで十分だ」

ナインは袋で血を受けながら叫ぶ。

「やば、ヒールヒール」

「『死は宿命、老いは定命、されどいましばらく仮初の生を全うせん』――あのー、この子、感情の起伏が激しいタイプなんで、あんまり煽《あお》るようなことは言わないであげてくださーい」

修道女たちが手慣れた様子でヘレンの治療をする。

「な、なんかすまん――とにかく、血は集まったな。で、先生、俺がこれを空中に撒《ま》くから、残りの救出対象がいる方向に風でそれを飛ばしてくれ」

「それは構いませんが、敵が集まりすぎたらどうするんですか？」

「いや、グレーターカメレオンの血も混ぜてるから、C級より雑魚い魔物は逃げ出すから問題ない」

「いやいや、それってつまり、C級以上の——B級、A級の魔物を呼び寄せる可能性があるということですよね」

「そうだが？　元々そいつらを狩りにきたんだろ。C級みたいな雑魚相手だと訓練にもならない」

この森は全体的に魔物レベルが低いので、B級、A級となるとボスクラスしかいないだろう。できればそいつらと戦いたい。

「とてもおすすめはできない方法ですが、止める権利もありませんね……。わかりました」

アイシアが渋々頷《うなず》く。

「じゃあいくぞ！　はっ！」

ナインは木に跳び移り、さらに太めの枝を足蹴にして再度跳躍する。

最高点に達した瞬間に、ナインは袋の中身を夜空にぶちまけた。

「『風は吹く吹く気ままに吹く。されど今日は吾《われ》がために吹け』」

アイシアが詠唱し、北東方向に蒸気化した血を流した。

「さ、後はこれで敵さんがくるのを待つだけか」

ナインはそう言って、握りやすい手頃な石を拾い集め始める。

「……一体、二体、三体――これは位置関係的にグラインダーカメレオンですね。四体、五体、これは、なんでしょう。もう少し近づいてこないと判別できません。どんどん気配が増えていきます二桁は越えますすよ」

アイシアが少し心配そうに呟く。

どうやら、探知魔法を使ったらしい。

「なんでもいいよ。どうせ全部殺す。脅威を完全に排除して、あとはゆっくり助けにいけばいい」

「あ、あの、私たちはどうすればいいですか？」

「一応、初級回復魔法と光級は使えます」

「あ？　それぞれ自分の身を守って死なないでいてくれたらいいよ。あと、余裕があったら石を拾ってそこら辺に置いておいてくれ」

信頼できない初対面の奴らと連携するくらいなら、全部一人でやった方がマシだ。

「は、はい」

「わ、わかりました」

修道女二人が気圧《けお》されたように頷く。

先頭の魔物までおよそ五十メートル。

(おっ、まだちょっと血が残ってるな)

ナインは袋を雑巾のように絞り、すするように血を口に含む。

味は最悪だが、ぬるま湯のように心地よい。

力が身体《からだ》中に横溢《おういつ》していく感覚。

これで数分はもつだろうか。

「あー、不味《まず》い！　もう一杯！」

ナインは袋を投げ捨て、代わりに石を摑《つか》んだ。

突出してきた魔物に投擲《とうてき》。

ブチュ、ブチュ、ブチュと、流れ作業で殺していく。

気配的にどうやら、B級以上の敵はいないようだ。

ハズレか。

「ふふふ！　ひゃひゃひゃひゃひゃひゃ！　見よ！　血の花が咲いておりまする。ああ、そうです。平和の名の下に臆病に成り果てた不作為の怠惰。神は信徒の惰弱故に故に異教徒に剣の恩寵《おんちょう》を授けられ、アデスの王とせしためしあり。彼が刃ならば愚僧は肉の砥石《といし》となり得べし」

「へ、ヘレンさん。それ以上血を失うと昏倒《こんとう》する危険性がありますよ。ナインくんの様子を見るに、これ以上血はいらなそうですし」

「……ねえ、ひょっとして、お似合いじゃない？」

「うん。彼なら私たちよりも上手《うま》くヘレンを扱えるかもね」

＊　　＊　　＊

空が明け白む頃、ナインたちは残りのヘレンの仲間たちと合流を果たした。

幸い誰一人死傷者はなく、ナインが魔物の素材を解体している間休ませておくと、すぐに元気を取り戻した。

元々光魔法の使い手が多いグループなので、回復は早いらしい。

「あ、あの、助けて頂きありがとうございました」

ナインが朝飯に適当に焼いたグラインダーカメレオンの肉を喰《く》らっていると、修道女の一人が話しかけてきた。

「ああ、うん。礼はいい。というか、俺は誠意は言葉じゃなくて行動で判断するから」

戦場において言葉は無意味である。

戦場の借りは全て、行動によって返されなくてはならない。

街には街の法律があり、ナインはそれには従う。

でも、戦場のルールは譲らない。

「あの、えっと、どうすれば？」

「私たちお金はないですし、物もないですけど」

別の修道女たちが困惑したように顔を見合わせる。

「別に金や物が欲しい訳じゃない。いや、それでもいいんだが、とにかく、俺はあんたらが支払った対価であんたらという人間を判断する。それだけは言っておく」

ナインは大して期待もせず言う。

そもそも貸しが返ってくるなんて思っていない。

でも、ちゃんと返してくる奴なら、ナインはそこで初めてそいつをその他大勢と切り離して認識することだろう。

ナンバーズの戦場では明日死体になるかもしれない人間の顔と名前を、全員覚えている暇はない。

「ナインくん。そこは『乙女の感謝こそ、私の勲章です』と器の大きいところを見せた方が、紳士っぽくて素敵ですよ。マイナス1アイシアポイントです」

アイシアは修道女たちにパンとスープを配りながら言った。

本来の修道女たちの食糧は逃走の途中で落としたらしい。

「なんか騎士っぽい言い回しだな。騎士は重装備で鈍重でアホの仕切りたがりが多いから嫌いだ。——ちなみにマイナスが溜《た》まるとどうなるんだ？」

「もちろん、なにもありません。あっ、でも『メッ』ってするかもしれません」

「俺をガキ扱いして楽しいか？」

「教師にとって、生徒は皆子供のようなものですよ？」

アイシアが真面目くさった顔で小首を傾《かし》げる。

「そうかよ。じゃあ、ガキはガキらしく明るい内にお家《うち》に帰るとするか。飯を食ったら出発する。さっさと街に戻るぞ。道中の敵は全部俺が倒すから、行軍に集中しろ」

グラインダーカメレオンの皮を身体に括《くく》りつけ、魔石をポケットにしまう。

修道女たちもそれぞれ、かさばらず換金価値の高い素材は持ち帰ってもらう。

集団を指揮して森を抜ける。

ナイン一人だけなら半日もあれば十分な距離だったが、人数が増えたので結局一日半もかかってしまった。

それでも無事街に辿《たど》り着き、冒険者ギルドに素材を持ち込む。

グラインダーカメレオンの皮と、魔石をカウンターにぶちまけると、ギルド職員が目を丸くした。

「あ、あの、これを全部、あなたお一人で？」

「そうだが」

ナインは淡々と答える。

修道女たちのノルマ分は向こうに譲ったので、本当はもっと多いのだが、めんどくさいので説明はしない。

「ナインくんの戦績に関しては私が保証します。証拠はこの宝具の中に」

アイシアが頭のサークレットを外し、ギルド職員に渡す。

「では、少々お待ちください。素材を査定の上、証明書を発行します」

ギルド職員が奥に引っ込む。

……。

「お待たせしました。C級二十七体、D級四十八体、E級百二十一体の討伐に関して、間違いなくナインの戦果であることを証明します。そして、こちらが素材の代金です」

「ああ」

ナインは金と証明書を受け取る。

「マジかよ。あれを全部一人で」

「まあ、先生と組んでるんだから当然じゃねえの？」

「いや、でも、あいつ、入学試験では素手で緋竜《ひりゅう》のマリシーヌを倒したんだぜ」

「棄民兵だし、どうせあらかじめ罠《わな》とか毒を仕込んでとか、そんな卑怯《ひきょう》な手段を使ったんだろ」

周囲の雑音を無視して、アイシアと共にギルドの外に出る。

「で、これを提出して、実習完了、だよな？」

ナインはアイシアに討伐証明書を手渡す。

「はい、確かに。すごいです！　ナインくん。個人の討伐成績では圧倒的に一位、集団単位での成績でもトップ10入りは間違いなさそうですよ」

アイシアは満足げにギルドの証明書に視線を落とす。

「ふーん、進級できるならどうでもいいや」

「あ、あの、お疲れ様です」

「ナイン殿、おかげ様で落第せずに済みましたでございまする」

先に査定を終えていた修道女たちが声をかけてきた。

「それは良かったな。じゃあ、報酬を出せ」

「はい」

「そうですよね……私たち、ほとんど魔物を倒してませんし」

修道女たちが蛇に睨《にら》まれた蛙《かえる》のように銀貨と銅貨を差し出してくる。

「いや、また何か勘違いしてないか？　俺のも含め、全部報奨金を合わせて、みんなで分けるぞ。組んだ以上は報酬はなるべく等分にする」

ナインは懐《ふところ》から報酬でパンパンになった小袋を取り出して言った。

「ナイン殿、よろしいのでございまするか。一方的にナイン殿の損でございまするぞ」

「いいよ。一応、ヘレンの血も使ったし。金を見せびらかしてもろくなことないから手早くな」

まず銀貨と銅貨の十枚の小銭の塔を作り、あとは高さを合わせて小銭を積み上げ、いくつも列を量産し、さっさと等分と分配を終える。

「終わりだ。後から文句は受け付けないから、ちゃんと数えろよ」

ナインは随分軽くなった小袋を懐にしまう。

「え、すごい、私、こんな大金持ったことない」

「これだけあったら、教会にいっぱい仕送りできるね」

「大金を持ってるの怖いし、この街の教会で小切手にしちゃおうよ」

「愚僧は感動致しました。『七人と、八人とすら、分かち合っておけ。明日にも国にどのような災いが起こるか分かったものではない』そういうことでございますするな」

ヘレンがひとりでに何やら納得してコクコクと頷《うなず》く。

「大げさだな。魔王討伐の報酬じゃあるまいし」

今回の報酬は量こそ多く見えるが、金貨はないので実は額としては大したことがない。

ナインはなんとなく坊主《ぼうず》は儲《もう》かるイメージを持っていたが、どうやらそうでない奴《やつ》らもいるらしい。

「ナインくん、とっても素晴らしく紳士的な対応です。50アイシアポイントを差し上げます」

アイシアが拍手する。

「別に紳士とかじゃなくて、戦場のルールだよ。そうしないと揉《も》めるから」

とはいえ、金銭のようにちゃんと等分にできる報酬が出ることはナンバーズの戦場では稀《まれ》だ。

ナインの戦場は敵から分捕った戦利品が報酬代わりで、全部オンリーワンだから結局分配で揉める。最終的には腕っぷしで解決となるが、それでも等分の原則は絶対で、勝っても奪い過ぎる奴は最終的には殺される。

「それで、あの、ナインさん、お礼の件なんですが」

修道女の一人がおずおずと切り出してくる。

「ああ。覚えてたのか」

「もちろんです」

「私たち、話し合って決めました」

「ヘレンをナインさんのパーティとして派遣しようと思います」

修道女たちは決然と言って、一斉にヘレンを見る。

「これも神の思《おぼ》し召《め》し。末永くお頼み申します」

ヘレンが引きつった笑みを浮かべてズリズリにじり寄ってくる。

「お礼……？　こいつが？」

ナインは顔をしかめた。

情緒不安定な爬虫類《はちゅうるい》系じみた挙動をとる女を送りつけるのが命を救った相手に対する礼だというのか。

もしかして、これは喧嘩《けんか》を売られているのか？

「い、いいえ、あの、ヘレンはこう見えて、勉強とかすごいできるんですよ。教えるのも上手いから。あの、失礼ながら、ナインさんこの前張り出された試験の成績を見るに、あまり勉強は得意じゃないですよね。そのフォローには最適だと思います」

「それに、ヘレンとパーティを組めば、アイシア先生のお力を借りる必要もなくなりますし」

「ヘレンにとっても本当に戦闘で役に立つためには、闇魔法を身に付けないといけないでしょうけど、私たちと一緒だと、闇魔法の研究はしにくいでしょうし、ナインさんと行動した方がいいかと思って」

修道女たちが早口で弁明してくる。

本当か？

体よくお荷物を押し付けようとしてないか？

「なるほど。確かに、光魔法を奉ずる信徒の中で闇魔法の研究はさすがにバツが悪いでしょうね。闇魔法の使い手は個人主義者が多く、最近まで禁忌とされていた地域も多いので研究が進んでおらず、体系化されてませんから授業として教えるのも難しいですし」

アイシアが納得したように頷く。

（まあ、ペアが組めるのはでかいか）

ナインは別にパーティメンバーに戦力として機能することを期待してはいない。

数合わせで良いのだから、ヘレンで悪いこともないだろう。

理屈としては納得できるはずなのだが、どうにも腑《ふ》に落ちない。

いや、しかし、今のナインに、他にボッチを回避する方法はないのだし。

「はあ、まあ、そういうことならよろしく頼む」

ナインは不安感を呑《の》み込み、握手を求める。

「ふひひひひひひ、握手に応ずるのは礼儀《マナー》故、致し方なし。故に色欲の罪には当たらざるはず……」

そして、ムカデが這《は》うような感触にすぐに手を引っ込めた。

「良かったですね。ナインくん。この学院に入学して初めてのお友達ができましたね」

アイシアが感慨深げに瞳を潤ませて言う。

「友達……？」

そういうことになるのだろうか。

ナインにはかつて最高の仲間がいた。

でも、友達はいなかった。

だから、よくわからない。

「はい。この調子でどんどんお友達を作ってくださいね。実習の教育課程が進んでいく度に、パーティの必要最低人数は増えますから。ちなみに、次の実習の下限は四人です」

アイシアは朗らかに言って、ナインをじっと見つめてきた。

「わ、わかった」

そこはかとないプレッシャーを感じつつ、ナインは静かに頷いた。

第二章　先生に仲直りを勧められた

ヘレンとパーティを組むことになったナインだったが、それでも大きく生活が変わることはなかった。

なぜなら、戦試組と一般入試組ではカリキュラムが違うため、授業中の二人に接点はないからだ。なので、ナインは相変わらずボッチのままであった。

それでも、こうして放課後に一緒に勉強する人間が出来たということは、アイシアに言わせれば一歩前進ということになるのだろう。

「見かけの数字では左の方が大きく見えまするが、これはまやかしにございまする。つまり、いかにロングクロードッグが大群の仲間を呼ぼうとも、無限に分裂せるスライムには及ばざるがごとし」

木と墨の匂いが充満する図書館の一画にあるテーブル。

ヘレンが声を落として言った。

彼女は今日も修道服。戒律がどうとかでヴェールを下ろしているので表情は見えない。

「おお、そういうことか。わかったわ。マジで教えるの上手《うま》いな」

ナインは手元の藁半紙《わらばんし》に視線を落とす。

2×一〇〇〇と二の十一乗の大小を比較する問題。

納得して2の十一乗の方に〇をつける。

ヘレンとは出会いの印象が最悪に近かったので不安だったが、興奮させなければさしたる問題はなかった。

ただ、どこにその興奮へとつながる罠《わな》が潜んでいるか分からないのが厄介ではあるが。

「お褒めに預かり光栄にございまする。命を救って頂いた恩に比べれば些細《ささい》な礼でございまする」

ヘレンはそう言って、手元の分厚い本をめくる。

闇の魔術関連の本らしいが、難しすぎてナインにはタイトルすらまともに読めない。

「まあ、そうかもしれないが、バカに教えるのはつまらねえだろ？　悪いな」

戦試組と一般入試組では筆記試験の難易度が違う。

ナインは勉強は苦手だが、仮にこれが戦闘訓練ならばあまりにも実力に差がありすぎる相手とやりあっても時間の無駄にしかならない。

「お気になさらず。人に教えることで気付かされることも多うございまする故。それに、愚僧の見た所、ナイン殿は決して愚かな種ではございませぬ。ただ、たまたま撒《ま》かれた土壌が悪かっただけのことでしょう」

「そうか？　とにかく、やっぱり勉強と戦いとは違うな。――なあ、ヘレン。お前、頭良さそうだから、一つ質問していいか。筆記試験に関係ないことだけど」

「もちろん、愚僧に分かることならば喜んで」

「どうやったら、『曖昧』ってやつを手っ取り早く学べる？」

「『曖昧』でございまするか？」

「ああ。先生にそれを学べって言われてるんだが、どうにも摑《つか》みきれなくてモヤっとする。――えっと、数学風にいうと、今は帰納法的に『曖昧』を学ぼうとしてるが、めんどくさいから演繹《えんえき》法的にやりたい」

ナインは覚えたての言葉を使ってそう表現した。

いくつかの『曖昧』の具体的事例は体感したが、その全体像は未《いま》だつかめない。

「ふむふむ。ふむふむ！　なるほどなるほど。それならば容易《たやす》きこと！　『曖昧』を極めるには、マナー《儀礼》を学ぶことこそ肝要！　まさに愚僧の得意とすることにございまする！」

ヴェールの奥の目がぎらつく。

まさか、こんなところにも罠が。

「そのマナーを学べば、『曖昧』が分かるのか？」

「然り！　してならぬことはすでに法律と聖典に記されておりまする。そして、『曖昧』――つまり、守らずとも罰せられはしませぬがした方が良いことはマナーとして定められておりまする！　戦場では鎧《よろい》と剣にて武装するがごとく、街においてはマナーにて武装すべし！　さすれば他人に侮《あなど》られることなく、精神的な優位を取れること必定！　いかな権力者も富貴者《ふうき》も儀礼なくばただの獣に過ぎず！　――こほん。失礼」

ヘレンの興奮が、通りすがりの司書に「図書館ではお静かにー」と注意され、沈静化する。

「そういうものなのか……」

アイシアならば、マナーを学べということなら、まどろっこしい言い回しはせずにそういう気がする。彼女が分かりにくい物言いをする時は、それ以外に表現できない時だけなのではないか。そんな思いが頭をよぎる。

だが、自分より賢いヘレンが言うのなら、彼女の言うことの方が合っているのかもしれない。

ひとまずそう結論付ける。

「ともかく、マナーを知っていて損はありませぬ。敢《あ》えて無視するにしろ、知っていてそれを破るのと最初から知らぬのでは人としての重みが違ってまいりまする」

「でも、マナーっていっても、色々あるだろ。俺には全部を学んでる暇はないぞ」

普通の勉強についていくのにさえ苦心しているというのに。

「アイシア先生が出された課題なのでございまするな？　然《しか》らば、愚僧は王国式の宮廷マナーを学ぶことをお勧めしまする。アイシア先生は元王女なれば」

「その前に、教師と生徒のマナーじゃないのか？　昔は知らんが、今は先生だろう」

「ごもっとも。されど、教師と生徒のマナーに関しては、さほど多くの決まりがある訳でもなく、しかも、すでにナイン殿は十分に守っておられるとお見受け致しまする。教師の全てを吸収せんとするが生徒のマナー。今まさに、アイシア先生の課題に挑もうと腐心されておられる時点でナイン殿は良き生徒でございまする。故に次点のアイシア先生のバックボーンに合わせられるがよろしいかと愚考致しまする」

「わかった。俺にはよくわからないジャンルの話だし、ヘレンに任せる」

「承りまする。愚僧もちょうど王国の宮廷式マナーを勉強中の折故、良い機会となりましょうや」

「おう。頼んだ。代わりに、俺もヘレンのために一肌脱ぐぞ」

試験の勉強をみてもらうのは命を助けた礼だが、ここまでしてもらうとなると、ナインも何か返さねばなるまい。

「ふひょ⁉　ひ、一肌、そんな人前で……。いや、しかしたくましい裸の男性像は古来より立派な芸術――然らばそれを鑑賞すれども決して色欲の罪にはあたらぬ……」

「また何か勘違いしてないか？　闇魔法の習得を手伝うってことだよ。多分、闇魔法は光魔法と逆でさ、本で勉強してもだめなんだ。表に出てこないようなアングラの魔法使いを見つけて直接習った方が早い」

　ナインの経験則上、闇魔法の使い手で学校に通っていたような秀才タイプはいない。

　今日のパンを得るため、時には流血の戦場で生き残るために必要が生み出す実践の魔法である。

　学院には闇の魔法を教えられる教師が不足しており、しかも戦試組の生徒への授業が優先されるため、中々ヘレンの順番は回ってこない。

「そ、そういうことでございまするか。承知。なにはともあれ、パーティを組んだからには共に助け合って参りましょうぞ」

　ヘレンはそう言って、謎の印を切った。

＊　　　＊　　　＊

「姫、どうかこの葦《あし》にご尊顔を拝する栄誉をお与えください」

とある授業終わり。

宿題のプリントを提出する際に、ナインはヘレンから教わった宮廷作法を試してみる。

床に跪《ひざまず》き、左手は後ろに水平。

右手に持ったプリントは、アイシアの心臓の拳一つ分下の位置に捧《ささ》げる。

「ど、どうしました？　ナインくん、体調不良ですか？」

「そうかもしれません。あなたの姿が見えない日は太陽を失った空よりも暗い気持ちになる」

宮廷作法というやつは複雑だが、とにかく女に対してはペコペコして大げさに誉《ほ》めておけばいいらしい。

『ナイン殿が気に食わないと思うキザな騎士の仕草を真似《まね》ればよろしうございまする』とヘレンは要約していた。

「お願いします。今すぐそれをやめてください。誰に何を吹き込まれました？」

アイシアが割と本気めなトーンで言って、ナインは腕を摑まれ、引っ張り立たされる。

「いや、ヘレンが先生のいう『曖昧』を理解するには、マナーを勉強するのが手っ取り早いっていうから、試してみようと思って」

ナインは正直に白状した。

「何をどうしたらそのような解釈に行きつくのかよくわかりませんが、とにかく、私はただの教師です。ですから、そのような貴婦人に対する礼は不要です」

アイシアは受け取ったプリントをまとめて、トントンと教卓で整えつつ答える。

「え、でも、これが先生の故郷のマナーなんだろ。よく言ってる紳士ってやつっぽいし」

「それも紳士の在り方の一つではあります。でも、ナインくんには似合ってないのでおすすめできません。私はナインくんにはナインくんの良さはそのままで、素敵な男性に成長してほしいと願っています」

アイシアが困り眉を作って言う。

「なんだ、無駄骨かよ」

ヘレンの言うことを信じた自分が愚かであった。

「はい。お疲れ様でした。……あ、いえ、でも、もしかしたら、無駄ではないかもしれません」

アイシアは一回頷《うなず》いてから、腕組みをして考え込む。

「どういうことだ?」

「ところで、ナインくん。パーティメンバー四人、集まりましたか?」

「えっと、いや……。うん、それが……まだ二人のままだ」

ナインとて怠けていた訳ではない。時間を見つけて、他のパーティで喧嘩《けんか》別《わか》れした奴《やつ》とか、中途退学したグループに声をかけていた。

一人仲間が出来たのだから、二人目、三人目はすぐに見つかるだろう。そう楽観的に捉えていたのだが、現実は甘くなかった。

もちろん、何回かお試しで組むところまではもっていくことができた。でも、相手が男だとヘレンがすぐに暴走モードに入り、それにドン引きして逃げていく。かといって女は基本的にナインを性犯罪者であるかのごとく認識しており、そもそも近づいてこない。

「ですよね。最悪、一人分は私がまた参加することで埋められます。ですが、最後の一人は絶対ナインくんたちで仲間を見つけなければいけません。そのことは分かりますね？」

「ああ。さすがにそのくらいの算数は俺にもできる」

「でも、すでにパーティの関係性は出来上がって、新たな人員をスカウトすることは容易ではありませんよね。ナインくんが頑張っていることは知っていますが、現状上手《うま》くはいっていない」

「悔しいけど、その通りだな」

ナインが頷く。

「そこで、先生から提案があります！　ナインくんはマリシーヌさんを覚えていますか？」

「ああ。俺が入学試験の時に倒した高飛車な女な」

「はい。そのマリシーヌさんと仲直りして、パーティに勧誘してはいかがでしょうか」

「仲直りって言ったってな……、そもそもあいつ、全然授業で顔を見かけないんだが、どこにいるんだ？」

ナインは首を傾《かし》げる。

「それが——ですね。実は、マリシーヌさんは、現在、寮の自室に籠《こも》りきりで、不登校になっていまして。ご実家の学院への貢献が大ということで猶予期間が与えられてはいるんですが、さすがにそろそろ限界で、私も担任として大変心配していまして。なので、ナインくんが仲間に入れてあげてくれると先生はとても嬉《うれ》しいなって」

アイシアが言葉を選ぶように途切れ途切れ言う。

「……それ、俺がやらなきゃだめなことか？　勧誘はともかく、引きこもりの生徒を教室に引っ張ってくるのは先生の仕事じゃないのか」

「それはそうなんですけど、私は彼女に嫌われていますから……。ナインくんも、私について詳しく知ったら、きっと嫌いになると思います」

アイシアがまた、ナインの嫌いなあの笑顔を見せる。

「なんだよそれ」

「とにかく、ナインくんが先ほど見せてくれた振る舞いは私の好みではありませんが、マリシーヌさんとの仲直りのきっかけにはなるかもしれません。彼女はそういった古式ゆかしいやり方を大切にする人柄のようですから」

アイシアは何事もなかったかのように、そうアドバイスして教室を出て行く。

「ふーん。まあ、せっかくだしダメ元で試してみるか」

ナインは大きく伸びをしてから、鷹揚《おうよう》に頷いた。

＊　＊　＊

王国式の宮廷作法によると、部屋に引きこもっている女と接触するにはいくつかの段階がある。

まず、部屋の前に花束を置く。

その色にも意味があり、赤なら愛の告白で、白は謝罪、黄色が友情を示す。

ナインはヘレンのアドバイスに従い、白と黄色が半々の花束を用意した。

一夜経《た》った後、花束が部屋の前からなくなっていれば、ひとまずは成功。

また新しい花束を用意する。

ただし、最初のものより一本だけ花を減らし、その代わりに手紙を折って花の形にしたものを忍ばせておく。

それを受け取った女はさらに花束から一本抜き、返信の手紙を花束に忍ばせ、部屋の前に戻す。

送る側はその花束を持って帰る。

そうして、何回も何回も花束をやりとりし、一本ずつ花を減らし、やりとりする手紙の量を増やしていく。最終的に花が無くなり、やりとりするのが手紙だけになった所でようやく部屋に訪れる権利が得られる。

（めんどくさすぎだろ！　確かに先生の言う通り、俺にはこんな生き方合わないな）

もちろん、ナインは洒落《しゃれ》た手紙を書く教養もなければ、茶番に付き合う根気もない。

もっとも、最低限の勉強はしたし、花束の運搬だけは自分でやったが、残りの諸々《もろもろ》の課程は全部ヘレンに丸投げした。

一応、ナインも代理を使うのはマナー的に大丈夫なのかと問うたが、ヘレン曰《いわ》く、かつての貴族社会でも代筆はよくあることだったそうなので、問題はないらしい。

「ナイン殿、やりましたぞ！　ようやく乙女がヴェールを脱ぎたり！」

何枚もの手紙を速読し、ヘレンが快哉《かいさい》を叫ぶ。

「おお、ようやくか！　これで部屋に行ってもいいんだよな？」

「然《しか》り。ただし、ノックの回数にはお気をつけくだされ。とにもかくにも、おめでとうございまする」

「いや、ほぼヘレンのおかげだよ。よくあんなめんどくさい手紙のやり取りを続けられるな。俺なら絶対無理だ」

「いえいえ、マリシーヌ嬢は中々教養豊かな御仁故、拙僧は苦にはなりませなんだ。苦労といえば、ナイン殿も愚僧のために闇の魔法使いの協力を取り付けてくれた由《よし》。学院でも闇の魔法の教師の募集に難渋しておりまするのに、大義なことでございまする」

「ああ、まあ、あっちは腕っぷしで解決できたからな」

どんな街にも暗部はあり、そこに闇の魔法使いはいる。

ナインは腕のある闇の魔法使いに目ぼしをつけ、彼、彼女たちのために特殊な素材を入手したり、敵をボコしたりして信頼を得た。

そして、適切な報酬を払い、ヘレンに個人教師をしてもらう約束を取り付けた。

過程も対価も結果もシンプルで、ナインにとっては気楽な仕事だった。

「頼もしうございまする。世の中は適材適所でございまするな」

ヘレンが感心したように頷く。

「だな。それで、修業は順調か？」

「今、愚僧と相性のいい魔法を吟味しておりまする。次の実習までには披露出来るかと思われまする」

「そうか。期待してるぞ」

闇魔法は個人主義の魔法で、何が出てくるか分からない。

そのため、敵は初見では対策がし辛《づら》いので、他の属性の同レベルの魔法と比較して、有効性が高い属性である。

ヘレンがナンバーズほどの強者《つわもの》になることまでは望まない。でも、もし傭兵《ようへい》の中堅クラスの力を手に入れてくれるだけでも、ナインの戦略の幅が段違いになる。

「かしこまりましてございまする。これから、ナイン殿はマリシーヌ嬢をパーティに誘われるおつもりですな」

「ああ」

「勝算はございまするか？」

「んー、まあ、何とかなるだろう」

ハカセとシックス理論によると、決闘で負けた女は必ず惚《ほ》れるという。

もちろん現実は物語とは違うので、惚れるまではいかなかったという事実を理解している。それでも強い個体に惹《ひ》かれるのは生物の宿命であるから、好感を抱かれていることは疑いようもない。ならば、友人になるくらいは余裕だろう。

呑気《のんき》にそう考え、図書館を後にして、女子寮へと足を伸ばす。

マリシーヌの部屋はその最上階。

ただでさえ数の少ない一人部屋を、三つぶち抜いて独占している。

ちなみにナインは四人部屋だが、同居人はいつの間にか消えていた。

ちゃんと仲良くなろうと効率のいい鍛え方を教えてやったり、部屋に湧いたネズミの炒《いた》め物を食わせてやったりしたのに、解《げ》せない。

「おばちゃん、こんちは。あ、これ、ちょっとたくさん買い過ぎちゃったからよかったら食べてよ」

「いつも悪いわねえ。今日もマリシーヌちゃんの所へ？」

「ああ、ようやく部屋に入ってもいいってさ」

「あら！　おめでとう。ようやく想《おも》いが報われたわねえ」

寮母に許可を貰《もら》って、中に入る。

花束のやりとりでもう何回も行き来しているし、ナインからすれば賄賂にしか見えない手土産の提供もあって、スムーズなものだった。

最上階の重厚な木のドアを三回ノックする。

「どうぞ」

と中から声がするが、ここで動いてはダメだ。

さらに四回ノックする。

「かしこまらず」

これもどうぞと似たような意味らしいが、さらに二回ノックする。

「よきに」

そう言われてからさらに一回ノックする。

そこまでしてようやくカチャリと鍵が開く音が聞こえた。

めんどくさすぎるが、ここまでくればこっちのものだ。

さらに十秒ほど待ってからドアノブに手をかける。

「おう、いるかー。邪魔するぞ。ここにサインくれ」

ナインは部屋に踏み入るなり、パーティの加入申請書を取り出し、記名欄をトントンと指で示した。

床一面にドラゴンの刺繍《ししゅう》が施された絨毯《じゅうたん》が敷き詰められている。

それ以外は割とシンプルな内装だ。堅苦しい表題が並ぶ本棚と机、あとはベッドぐらいしか言及すべき家具はない。

「……あなた、本当に『名残月の君』ですの？」

ベッドに腰かけたマリシーヌが胡乱《うろん》な視線を向けてくる。

出会った時とは違い、防御力が低そうなレースのドレスを着ている。

「ああ、それ、俺のパーティメンバーのヘレン。手紙は全部そいつが書いた。宮廷のマナーとやらは俺には合わなさそうだからやめた」

ナインは正直に答えた。

嘘《うそ》をついて彼女をパーティに引き込んでも長続きしないことは分かり切っているから。

それに、アイシアにはキザな演技をするのも我慢できたが、マリシーヌにはたとえ嘘でも頭を下げる気分になれなかった。

「くっ、野蛮な過去を反省し、下賤《げせん》の身ながら教養を身に付けようと必死に努力したのかと感心しておりましたのに……。どこまでワタクシを愚弄すれば気が済みますの！」

マリシーヌが握りこぶしを震わせて、ナインを睨《にら》んでくる。

「愚弄って、宮廷のマナー的にも別に代筆してもらってもいいって聞いたんだが」

「……つまり、手紙に込めた想いは真実であると？」

「いや、全部丸投げしたけど。俺はあんたと会えれば過程はどうでもよかったし」

「世間ではそれを詐欺と呼びますのよ！」

そう叫んで枕元のレイピアに手をかける。

「まあ落ち着けって。っていうかさ、まず聞きたいんだけど、お前なんで引きこもってんの？」

「なぜって！　全部あなたのせいではないですか！　入学前からあんな恥をさらして、どの面を下げて授業を受けろと！　このワタクシが！　アルスラン家が！　かわいいジョセフィーはあの戦闘がトラウマになって実家に送り返すことになりましたのよ！」

マリシーヌが鞘《さや》からレイピアを抜き放つ。

「ならお前も学校を辞めて実家に帰ればいいじゃん。よく知らないけど、あんた地元じゃ有名人なんだろ？　そこで働くなり、遊ぶなり、好きにすりゃあいい」

「貴族の噂《うわさ》は千里を走りますのよ！　こんなキズモノ、政略結婚の道具としての価値すらない！　情けなくて実家の敷居《しきい》なんて跨《また》げませんわ！」

マリシーヌがベッドから立ち上がり、刺突を繰り出してくる。

相変わらず分かりやすい剣筋だ。

っていうか、これ本当に好かれているのか？

いや、でも、シックスは『ツンデレには暴力が伴う』って言ってたしな。

「大げさだな。キズモノって、あの時の怪我《けが》はとっくに治ってるだろ」

ナインは加入申請書を捨てると攻撃を全てかわし、マリシーヌの腕を右手で取って捻《ひね》った。

左手でレイピアを奪い、余った右手でドレスの裾に手をかける。

「いたたたた、ちょっ！　やめ、やめっ、めくらないでくださいまし！」

「ほら、傷痕一つないじゃん」

シミのない白い太ももと腹には打撲痕一つない。

レイピアも普通に使えていたし、どう見ても完全回復しているではないか。

「わ、わかりました！　とにかく、話は聞いて差し上げますから、ワタクシから離れて！」

「そうか」

ナインは頷《うなず》いて数歩後ろに下がり、レイピアを床に置く。

代わりに加入申請書を拾い上げた。

「はあ……。それで？　ワタクシに何か御用ですの？　パーティ加入がどうのこうのおっ

しゃっておりましたが」

マリシーヌが再びベッドに腰かけ、ドレスの乱れを整えてから言う。

「ああ。次の実習までに四人集めなきゃいけないんだけど、まだ二人しか集まってないから困ってるんだ。とにかく、何もしなくていいし、なんなら名前だけでもいいから俺のパーティに入ってくれ」

そう言って、改めて加入申請書を掲げる。

「え、なんですの。あなた、もしかして、クラスでのけ者にされてますの？」

急に生き生きと目を輝かせ始めた。

「ああ。ぶっちゃけ言うと、ボッチだな」

「ふっ、ふふふふ、ははは、はははははは！　そうですか。いい気味ですわ。そりゃそうですわよね。今は秩序も忠義も誇りも何もかも失われたひどい世の中ですけれど、さすがに常識の欠片《かけら》もない狂犬と組みたい人間なんてそうはおりませんわよね！」

マリシーヌが虚《うつ》ろな目で意地の悪い笑みを浮かべて手を叩《たた》く。

「いや、俺のことを笑うのはいいけどさ、このままだとお前も退学だぞ。それって、あんたの言うところの『恥』ってやつじゃないのか？」

「くっ……。確かにそれはそうですけど」

「それに先生も心配してたぞ。先生なら今からでもなんとかマリシーヌのフォローもしてくれると思うしさ」

「はっ、今のを聞いて一気に外に出る気が失《う》せましたわ。──というか、逆に伺いますけれど、あなたはよくあの女の指示に唯々諾々《いいだくだく》と従えますわね。そもそも、あなたにとってもアイシアは憎き仇《かたき》でしょうに」

　肩をすくめて言う。

「あ？　仇？　なんで俺が先生を憎まなきゃならないんだ」

「とぼけても無駄ですわ。ワタクシもあれから伝手《つて》を使ってあなたの正体を調べさせましたのよ。番号持ち《ナンバーズ》──戦勝の暁には王国の市民権を与える仮手形を代償に死地へと送られた棄民兵の最精鋭。番号持ちは各地におりましたし、名字を持たないので、特定するのには手間取りましたわ」

「それで？」

「あなたがいたのは北部戦線。その後、西部、南部と転戦し、最後は地獄の東部戦線で捨て駒にされた。王国が和平条約という名の屈辱的な降伏をし、解体をするまでの交渉の時間稼ぎのために、増援も補給もなく。あの戦いで、王国側の戦力は貴賤《きせん》なく壊滅した。ワタクシの兄もそうです。それでも、あなたは生き残った。『ナシのナイン』。なにがナシなのかまではつきとめられませんでしたけれど」

マリシーヌがこちらに値踏みするような視線を送ってくる。

「だから?」

「みなまで言わせる気ですか! あの女は――アイシアは元王女。しかも、王国に千年に一度生まれるか分からないという莫大《ばくだい》な内在魔力を有する貴重な『聖女』。あの女が禁術の生贄《いけにえ》から逃げなければ、秘呪を発動させていれば、王国は戦争に勝っていた。あなたの仲間も死ななかった! とんだ売国奴ですわ!」

悔しげにベッドを殴りつける。

「ふーん、どうでもいいや」

ナインは大きく欠伸《あくび》をした。

「どうでもいい訳ないでしょう! 戦争に敗れ、王国はバラバラになった。特に番号持ちは最も危険な役目を押し付けられながら、交渉においても何の配慮もされなかった。敗戦国故に補償もなく、約束の市民権の付与も反故《ほご》にされた! これでもあの女を憎んでないと?」

「そう言われてもな……。市民権とやらは手に入らなかったけど、こうやって、好きな所に行って、好きなように生きる自由は手に入ったし」

正直、ナインはあの戦争の悲劇がアイシアのせいと言われてもピンとこない。地震や津波の天災に、神は何もしないという、くだらない嘆きを聞かされている感覚に近い。

そもそも、少なくともナインが物心ついた時にはとっくに戦争中だった。ナインがガキの時にナインと呼ばれていたおっさんも、フォークより先にナイフの使い方を覚えたと言っていた。

ということは単純に計算しても、アイシアが生まれた時にはもう戦争中だったことは間違いない。

なので、なおさらアイシアに敗戦の責任があるという彼女の理屈は理解できない。

開戦がなければ、敗戦もないのだから。

「ああ、『人類平等宣言』ですか。大層なお題目ですわね。無知な庶民の目をくらませるには十分です。ワタクシの領地でもたくさんの農奴が『解放』されましたわ。解放といえば聞こえがいいですが、実際はただ都市部の資本家に安価でこき使われる労働力を供給しただけ。確かに王国時代も民を虐《しいた》げるろくでもない貴族はおりましたし、全てを美化しようとは思いません。でも、平等と実力主義の名目の下、例外なく下民層が搾取《さくしゅ》されている今よりはマシだったことは間違いないはずです」

皮肉っぽい口調で言う。

「搾取ねえ……。あの、マリシーヌ、そのドレスさ。どうやって手に入れた？」

ナインは、単に人体を保護する以上の意味を持った彼女の服を見つめて言う。

「これですの？　実家から持ってまいりましたから御用商人に作らせたものですわね。まあ、最低限、日常使いしても見苦しくない程度の安物ですわ」

「その安物な。材料の白金糸はジュエリースパイダーから採ったものだろうけど、その産地は西の針山っていうすげー危ない所で、あそこらへんには空気の薄いのにも耐えられるブレカっていう少数民族がいて、そいつらが命がけで取ってる。でも、ブレカには国がないから立場が弱くて、西国の奴《やつ》らに安く買い叩かれる。でも、その西国には加工技術がないから、さらに南の商人に買い叩かれる。南の商人は金はもってるけど、兵隊が弱いから、作った布は関所でたっぷり関税を取られて東に送られて、それがあんたの所に届いてそのドレスになった」

ナンバーズはろくな補給もないから、自ら軍事費を確保するしかない。

故に軍閥かマフィアか時には反王国派とおぼしき勢力とすら取引があった。

「何をおっしゃりたいんですの？」

「人として生まれてきた以上、分かってて奪う奴か、気付かずに奪っている奴の二種類しかいないんだよ」

その両者に区別はない。どちらも等しく悪い。もしくは等しく悪くない。

「……確かに貴族は秩序と権威を維持するために、庶民からすれば贅沢《ぜいたく》とも思える消費をします。だからこそ、有事には何人《なんぴと》よりも危険を負い、責任ある決断を実行する義務がある。アイシアはその義務から逃げた。ワタクシはそれが許せないのです」

ドレスについた糸くずを払い、憂鬱そうに呟《つぶや》く。

「なんか、さっきから昔の話ばっかりだな。過去は変わらない。死は死だ。俺の仲間もあんたの兄も生き返りはしない。先生を殺して仲間たちが生き返るなら今すぐ殺すけど、そうじゃないだろ。だから、先生を憎んでも意味ないじゃん」

「ふっ、まあ、その点には同意して差し上げますわ。だって、どのみちもうすぐあの女は死ぬのですから、憎むだけ精神力の浪費というものですものね」

マリシーヌが皮肉っぽい口調で言う。

「ん？　死ぬって、先生がか？　マジで？」

「本気でおっしゃってますの？　もうすぐ魔王の出現予測時期ですわ。聖女が生贄にならなくてどうしますの。それまでの腰かけだから、『敗戦国の元王女で聖女』だなんて複雑な立場の女が教師をすることが許されているんですのよ。まあ、死刑執行直前の囚人に好きな晩餐《ばんさん》を食べさせてやるようなものですわね」

そう言って肩をすくめる。

「いやー、俺もさすがに先生が聖女なのは知ってたけど、そんなに魔王討伐の出発が迫ってるっていうのは初耳だわ」

「は、初耳でその反応ですの⁉　あなた、あの女に散々世話になってるって手紙に書いてありましたわよ。もっとこう、驚くとか、悲しむとか、ありませんの⁉」

「だって、俺が驚いたり悲しんだりしたところで先生が助かる訳でもないしな」

「はあ、あなたは全く人情の機微というものをどう考えて――いえ、そもそもそこら辺を察することができるならワタクシが決闘する必要もありませんでしたわね」

マリシーヌが肩をすくめる。

「まあ、先生も一言かけてくれてもいいんじゃないかってくらいは思うよ。そしたら実戦を想定した練習相手くらいにならなれるのにな」

というよりもナイン自身が戦闘モードのアイシアと戦ってみたいと思っている。

「そんなの本人から言える訳ないでしょう。……それにしても、あなた、本当に世間話をするレベルの友達すらおりませんのね。どうせ近々学院の権威付けのために盛大な壮行会をやるでしょうし、クラスで話題になっていないはずがないと思いますけれど」

マリシーヌが引き気味に付け加える。

（ヘレンは何も言ってなかったけどなあ）

彼女は知っていて触れにくい話題だから避けたのか、それとも知っていて当然なので敢《あ》えて言う必要もなかったのか。

「まあ、先生のことは今はいいよ」

「いいよって……。さすがにあの女が哀れに思えてきましたわ」

マリシーヌは目頭に指を当てて俯《うつむ》く。

「今のあんたに他人を哀れんでる余裕があるのか？　結局、あんたはどうしたいんだ」

「……ワタクシは何もできなかった。戦場の兄を助けることも、奈落に落ちていく領民と農奴たちを説得することも。だから、次に大戦が起こった時には絶対に後悔はしたくありません。その時に守るべきものが、名誉か、土地か、財産か、何かは分からないけれど、ワタクシが守りたいものを守れるだけの力を得る。そのために一番必要なものはなんと言っても兵権。将来の軍隊の幹部候補生を要請するこの学院で、その兵権を得るための足掛かりを作るのが、今のワタクシの目標です」

マリシーヌは淀《よど》みなく言い切る。

「要するに、将軍になりたいってことか？　そんな夢があるなら、なおさらなんで引きこもってるんだ」

「ふんっ。理屈と感情は割り切れないものですわ。なら、あなたと組んだら、道が開けるとでもいうんですの？　ろくな手紙も書けない程度の文化資本しか持たず、パーティメンバーすらろくに集められない人脈のあなたと。ワタクシは猿山のボスになりたい訳ではございませんのよ」

「俺は確かに勉強の成績は微妙だし、ボッチだけど、戦闘の個人成績は一位だぞ。パーティとしての成績も、最近はずっと一位だ。ここは軍人を育てる学校だろ。なら、強い奴が一番偉いんじゃないのか」

　南の森では救出任務に時間を割いたのでパーティ単位ではトップ10入りがせいぜいだったが、ヘレンと組んでからの戦闘実習では誰にも後れを取ったことはない。

「戦試で一位？　それは本当ですの？　あなた、対人専門のバーサーカーではなかったんですのね」

「まあ、対人の方が得意だとは思うけど、今のところ試験の相手は雑魚《ざこ》い魔物ばっかりだしな」

　そもそも自然を利用してゲリラ戦をすることが多いナンバーズは魔物との戦いは日常であった。戦場には死体が出て、その死体狙いの魔物の駆除をしたり、資金の確保で金になる魔物を倒したりもしていたので、それなりの経験がある。

　でも、基本的に効率重視なので、僻地《へきち》や奥地に潜む災害級に強くてレアな魔物——すなわち、A級以上の魔物と戦う機会には恵まれなかった。

　なので、ナインとしても、力試しとして、さらに上の魔物と戦ってみたいという想《おも》いはある。

「……戦試を一位で卒業したパーティは、即戦力を期待され、千人規模の連隊の編成権を付与される決まりだったはず。学力を評価されたキャリア組に比べて戦試組の出世は遅いでしょう。ですが、小さくとも確実な軍事力が手に入ることも事実。そして、世界はこんなに拙速な民主主義についていけるはずがないことも必定。教育程度の低い下民共は容易《たやす》く煽動《せんどう》家に騙《だま》され、いずれ自壊するに違いありませんわ。やがて、世界は再び混乱し、その時人は必ず強いリーダーを求めるに決まっております。そうなれば、キャリア組の統帥権など役立たず。実力に裏付けされた現場指揮権こそが正義。ならば——」

　マリシーヌがベッドに潜り、何かをぶつぶつと呟き始めた。

「なにごちゃごちゃ言ってんだ。はあ。もういいや。パーティに入る気なさそうだし、俺は帰るぞ」

「まあまあ、お待ちなさいな。入らないとは一言も申し上げていないではございませんの」

踵《きびす》を返そうとしたナインを、ベッドから顔だけ出したマリシーヌが猫なで声で呼び止めた。

「なんだよ。入る気があるなら最初からそう言え」

ナインはさすがにうんざりしていた。

ここまで回りくどいのが宮廷式のマナーなのか。

だとすれば、アイシアが止めたのも頷《うなず》ける。

「もう、それは奥手で恥ずかしがり屋な乙女心ではありませんの。意外とワタクシのような高貴な女性ほど、野性味溢《あふ》れるたくましい殿方に惹《ひ》かれがちなものですわ」

ベッドから立ち上がり、上目遣いでナインに接近してくる。

刹那、いつか戦場で嗅いだ甘苦い香りが漂った。

「洗脳の香か。懐《なつ》かしいな」

ナインは加入申請書をその場に投げ捨て、口を袖で覆って跳び退《の》く。

「チッ。下僕にして差し上げようと思いましたのに、よく気づきましたわね。けれど、貴族の手練手管の多様さを侮《あなど》らない方がよろしくてよ」

マリシーヌは舌打ち一つそう吐き捨てる。

それからハンカチ越しに加入申請書を拾い上げ、机へと向かった。

まるでナインの持っていた物になど触れたくもないというように。

「その手法は大体俺たちの戦場で生み出されたものだし、実行犯も大体使い捨ての棄民兵だろ？」

「はあ！　全く、口の減らない男ですわね！」

マリシーヌは肩をいからせながら、流麗な筆致で自身の名前を加入申請書に記入した。

＊　　＊　　＊

「と、いうことでマリシーヌがパーティに加わることになった」

翌日の教室。

ナインはマリシーヌと一緒に加入申請書をアイシアに提出する。

「よかったです！　わだかまりを乗り越えて手を差し伸べたナインくんにも、勇気を出して登校してきたマリシーヌさんも、二人ともとてもいい子なので、それぞれ10アイシアポイント差し上げます」

アイシアが加入申請書を受け取り、両手の人差し指を顔の横で振る。

「なんですか、そのふざけた非公式ポイントは」

「なんか溜《た》まると頭を撫《な》でられるらしい」

「はっ、ここは幼児科ですの？　ああ、でも、殿方はこういうあざとい女がお好きですものね。聖女やら、先生やら、王女やら」

マリシーヌがやたら王女のところを強調して言うと、髪をかき上げた。

ナインは「お前も童貞《シックス》の妄想話を具現化した程度にはあざとい外見だ」という言葉が喉まで出かかったが、我慢した。

「とにかく、これであと一名ですね。次の実習までに何とかなりそうですか？」

アイシアはマリシーヌの嫌味を特に気にした様子もなく尋ねる。

「その点は余裕ではなくて？　ヘレンとかいう女の戦闘力は存じ上げませんけれど、ワタクシとナインだけで余裕でこのクラスの全員を圧倒するだけの力があるのですから、新規加入者の立場からすると寄生できるならお得ですわ。とにかく、新規加入者の実力は問わないということでよろしいんですわよね？」

「ああ。役に立つ奴《やつ》ならありがたいが、数合わせでも十分だ」

ナインは頷く。

「決まりですわね。そういうことならば、新規メンバーのスカウトはワタクシが承りますわ」

「期待していますね。それと、先生からの確認事項ですが、マリシーヌさんは授業には不参加でも筆記のテストはトップクラスなので、その点の補講は不要です。ですが、実習の不参加を補うため、規定の魔物を討伐して提出してもらいます」

アイシアは淡々と告げる。

「わかった。マリシーヌは最低限の討伐ノルマをクリアしてくれればいい。後は俺が魔物を狩ってパーティの平均討伐数を底上げしておく。一位は譲らない」

期日までに加入者が増えると、パーティの平均討伐数は減る。

希釈化されても余裕なぐらいに狩っておかなければならない。

ナイン自体は正直、他のグループに対する競争心は薄い。だが、まだ一つもナンバーズの夢は叶《かな》えられていないのも事実だ。なのでとりあえず確実に達成できそうな、ファイブの『学校をトップの成績で卒業する』くらいは成し遂げてみたいと思う。

「まあ、役割分担としてはそんなところでしょうね。ワタクシの交渉術にかかれば、きっと一人どころかダース単位で応募者が殺到しますわ。箱舟に乗ったつもりでご安心なさって」

マリシーヌが胸を張る。

「おう、そうか。頼もしいな」

ナインはほっと息を吐き出す。

折衝事をマリシーヌに押し付けられるのは素直にありがたい。

ナンバーズだった頃も、ナインはあまり交渉事が得意ではなかった。

そういうのは専らファーストの領分だった。

男からも女からも好かれたファースト。誰よりも乙女の心を持ち、でも、最後まで肉体的には男か女か分からなかったファースト。

彼か彼女の記憶を思い出のなかにしまい込み、ナインは効率的な討伐計画を考え始めた。

第三章　先生の壮行会を開くことになった

ゴーン。ゴーン。ゴーン。

放課後を告げる鐘が鳴り響く。

「マリシーヌさん、さようなら」

「また明日ねー」

「みなさま、お疲れ様ですわ」

マリシーヌは挨拶をしてくる女生徒に気さくに手を振り返した。

彼女が登校を再開してから数週間が経《た》った。

初めは腫れ物に触るような扱いを受けていたのだが、何をどうやったか例の取り巻き連中とすぐに「仲直り」し、そこを起点にクラスメイトに顔を売り始めた。

そして、今では広く浅くとでも言おうか、クラスメイトのほぼ全員と普通に挨拶をすれば返してくる程度の関係を作ることに成功している。

それはいいのだが――。

「おい、マリシーヌ」

ナインは、一声もなしに去っていこうとするマリシーヌの前に立ちはだかる。

「はあ。なんですの？　ワタクシこれからお茶会の準備で忙しいのですけれど」

マリシーヌはめんどくさそうにため息をついて言った。

「いや、そろそろパーティへの参加希望者の一人や二人いないのかと思ってな。さっさとメンバーを確定させて戦闘訓練の一つもしたいんだが」

あれだけ大口を叩《たた》いたんだからそれくらいはやってほしいものだ。

「はあ、せっかちな男は嫌われますわよ。今はクラス内の人間関係を把握して、メンバー集めの種まきをしている段階ですの。青麦を摘んでは事を仕損じる《急いては事を仕損じる》、パンが膨らまないでしょう」

「仕事を分担した以上は余計な口を出す気はないが、ちゃんと期限までには間に合うんだよな？」

「もちろん！　いずれ収穫の時はきますわ」

マリシーヌが胸を張ってそう言い切る。

「ならいい。俺も俺の仕事をする」

それだけ言い残して、マリシーヌと別れる。

そして、ナインは今日も独りで坦々《たんたん》と討伐ノルマをこなし、寮の自室の前へと帰ってきた。

（ん？　トラップ――じゃないな）

ドアの隙間に挟まれた封筒。

差出人は、学院長と記されている。

学院からの連絡事項がある時は、校内放送かアイシアが口頭で教えてくれるのでこういうパターンは珍しい。

万が一、毒が仕込まれている可能性もゼロではないので足で蹴り落として慎重に中身を開く。

封筒の中身は二つ折りの手紙。そこには明日の早朝の時間を指定し、学院長室に来るようにとの指示が書かれていた。しかし、具体的な用件は書かれていない。

ナインの経験上、こういうのはろくな案件じゃない。

だが、偉い奴の命令を無視するとさらに面倒なことになることも知っている。

翌朝、渋々ながら時間ぴったりに学院長室に向かうと、見知った顔の二人がいた。

「あら、やはりナインも呼び出されておりましたのね」

「三人そろったとなれば、奇遇という訳でもなさそうでございまするな」

「つーことは、俺たちのパーティに何か用ってことか」

「そうでしょうね。学院長の前でワタクシに恥をかかせないでくださいましね。特にナイン」

「わかってるよ。戦闘ならともかく、面倒な渉外はお前に任せる」

頷《うなず》く。

人にはそれぞれ得手不得手があるのだ。

かつての戦場では、それはファーストの仕事だった。

マリシーヌにファーストほどの能力はないと思うが、それでもナインよりはマシだろう。

「それならば良いですけれど」

マリシーヌは疑わしげに言って、ドアを三回ノックする。

「入り給《たま》え！」

「――失礼致しますわ」

深くお辞儀するマリシーヌの後に続いて学院長室に入る。

「よく来たね。三人とも。さあ、かけてくれたまえ」

髪をオールバックにした細身の中年男性が四人掛けのソファーを勧めてくる。

学院長。前に見たのは入学式だっただろうか。

ナインの直感的には、こいつは自分の器を大きく見せたいと思っている小物。

どこにでもよくいるタイプのつまらない上司だ。

戦場ならば順境では支障なく、逆境には頼りない。そんなタイプ。

「ではお言葉に甘えて」

マリシーヌに合わせてソファーに座る。

「こんな早朝にいきなり手紙で呼び出してすまない。びっくりしただろう。だけど、どうしても秘密裡《ひみつり》に進めたい案件でね。あまり大っぴらに校内放送で呼び出す訳にもいかなかったんだ」

「お気になさらず。早起きは三銅貨の得とも申しますわ」

マリシーヌがにこやかに答える。

「ありがとう。朝の授業の時間もあるだろうから、単刀直入に言うよ。君たちに、アイシア先生のお別れ会の幹事をしてほしいんだ」

「……ワタクシたちがアイシア──女史のお別れ会をですか」

マリシーヌが言葉を選ぶように答える。

「ああ。もちろん、マリシーヌさんには色々思うところもあるだろう。だが、アイシア先生はこれからその身を賭《と》して魔王を滅する尊い大義を背負われた儚《はかな》い命だ。ここはどうか恩讐《おんしゅう》を乗り越えて、彼女の門出を祝ってあげてくれないだろうか」

「そうおっしゃるということは、アイシア女史を『聖女』として送るということですの？

『教師』して送るなら、ワタクシがアイシア女史に隔意を抱く理由がありませんもの」

「どちらも――と言いたいところだけど、やはり聖女の壮行会という側面に重きを置くべきだろうね。彼女の立場を考えれば、普通の教師の退職のように、ただ花束を贈って終わりという訳にはいかない。学院として、全校生徒がアイシア先生の崇高な使命を敬慕していることを示さなければならないから」

そこでナインは学院長の意図を悟った。

要は、こいつはパレードをして自分の権威を高めたいのか。

悪名高きナンバーズはたまに占領地を威圧するためのパレードに駆り出されたものだ。しかし、パレードなど往々にして権力者の自己満足であって、かけるコスト以上の成果を得ることは稀《まれ》だった。

やはりこいつは小物だな。

「把握しました。聖女は万人のもの。貧富貴賤《きせん》にかかわらず誰にでも親しみやすい存在でなくてはならない。ですからかつて、ワタクシの故国では王が民衆の中から品行方正な者を選別し、聖女を見送らせておりました。でも今は万人平等の時代ですから、代議士のお歴々が特定の人間を特別扱いすれば角が立ちます。かといって、民衆に好き勝手に見送らせれば、野放図になり聖女の出征の荘厳《そうごん》な雰囲気は出ない。そうなれば、一般人でありながある程度素性が知れており、多様な社会階層を反映したここの学生に聖女を送らせるのが一番都合がいい。しかも、『お世話になった先生を涙ながらに見送る学生』という、民衆が納得しやすい美談がついてくるとなればなおさらですわ」

マリシーヌが滔々《とうとう》と語る。

学院長というよりは、ナインたちに言い含めているような雰囲気だ。

「その通り。マリシーヌさんは話が早くて助かるね。――他の二人も、何か質問はあるかな？」

「では、よろしいか。この件はアイシア先生に同意は取られたのですか？」

ヘレンが真っすぐ手を挙げてそう質問した。

「いや、聖女様は謙虚なお方だからね。こちらから話を持って行っても、『生徒に余計な負担をかけたくない』と断られてしまうのは目に見えている。だから、こうしてこっそり君たちに話を持ち掛けたという訳だ。彼女も、見ず知らずの誰かよりは自分が手塩にかけた学生に送ってもらった方が喜ぶよ」

学院長が確定事項のように言う。

どうだろう。

アイシアは『教師』としてならともかく、『聖女』として生徒に送られることを望むだろうか。

少なくともナインはアイシアの口から聖女にまつわることを聞いたことがない。

「そもそもなんで俺らなんだ？　他に生徒はいくらでもいるだろう」

「それは、君たちがアイシア先生と一番関係が深い生徒だからさ。特にナインくん、君は殊更にアイシア先生にお世話になっているだろう」

確かにそれは否定できない。

でも、アイシア本人ならともかく、こいつにそれを言われる筋合いはない。

「なるほどな。俺はてっきり、誰もやりたがらない面倒事を訳有りパーティに押し付けようってことかと思ってたよ」

クラスメイトもアホではない。

いよいよアイシアの出立の日が近づき、自分たちの内の誰かが聖女を祭り上げる茶番に巻き込まれることを嫌がっていた。

誰かが呟《つぶや》いた、『生きている人間の葬式をするみたいで萎えるよな』という言葉が妙に印象に残っている。

聖女が全くの赤の他人なら高みの見物を決め込める。でも、普通に半年近く授業を受けて言葉も交わした人間を死地に送り込む手伝いをするのは、気分がよくないというのが大勢の意見らしい。

「ナイン！」

マリシーヌが額に青筋を立ててこちらを睨《にら》みつけてくる。

ナインは肩をすくめて口を噤《つぐ》んだ。

「大変失礼致しました。学院長様もご存じの通り、ナインは気の毒な生い立ちでこの学院の高いレベルの勉学についていくのに必死で疲れておりますの。ワタクシもつい最近まで体調を崩しておりましたので、後れを取り戻す必要があります。ヘレンも日々の奉仕で忙しいでしょうし。学院長様にはその辺りの事情に鑑《かんが》みてご配慮賜れればと思うのですが……」

「はは、もちろん。学生の貴重な課外時間を奪う訳だからね。それなりの対価は必要だ。マリシーヌさんはこれからイベントまでの課外活動時間を全て、欠席日数の補講として算入することを認める。ナインくんは一部のテスト――倫理や社会の試験を免除しよう。ヘレンさんには所属する教会の学院への推薦枠を増やそう。どうかな。悪い話ではないと思うんだが」

学院長は即答した。

予《あらかじ》めこの質問を見越して餌を用意していたようだ。

「ご厚情痛み入りますわ。そういうことでしたら、ワタクシに否はございません。——二人もよろしいですわよね？」

マリシーヌが目力でこちらを威圧しながら、形ばかりの問いを投げかけてくる。

「俺は渉外をお前に任せると言った。だから口は出さない」

「お二方に異存なくば、愚僧も断る理由はございませぬ。魔王討伐の聖業に携われることはいち信仰者として光栄の至りにございまする」

ナインは小さく、ヘレンは深く頷いた。

それから二言三言意味のない雑談を交わし、三人は理事長室を辞する。

「っしゃ！　きましたわ！　ようやくワタクシにも運が巡ってきましたわね！」

理事長室を離れて教室に向かう途中。角を曲がった所で、マリシーヌが小さくガッツポーズした。

「随分とご機嫌でございまするな」

「当たり前でしょう！　青春イベントを仕切るのはクラスカースト上位の特権。壮行会の準備にかこつけて、クラスメイトとの親交を深める機会も多い。つまり、パーティメンバーも勧誘し放題ということですわ。おまけに成績に色もつけてもらえるのですから、言うことなしでしょう！　ふふふ、あの女の不幸をとことん利用させて貰《もら》いますわ」

そう言って邪悪な忍び笑いを漏らす。

「そう上手《うま》くいくもんか？　クラスの奴《やつ》らは先生のことを不気味がってるっていうか、最近習った言葉だと――そう、敬遠してるみたいな雰囲気だが」

「はっ。そんなもの、実際に壮行会に巻き込んでしまえばこちらのものですわ。日頃は陰口が趣味の女子も、イキがってる不良も、卒業式では人目をはばからず泣くもの。壮行会も準備に携わり、いざ本番が迫れば勝手に『聖女様を見送る無力な私たち』に酔って盛り上がりますわよ。人間というのは周りの雰囲気に流されやすい生き物ですから」

「そういうものか」

ナインはこれまでに卒業式というものを経験したことがないので、マリシーヌの喩《たと》えはいまいちピンとこない。

雰囲気に流される者はすぐに死ぬのが戦場の真実。

しかしまた、戦意を煽《あお》るのが上手い将が訓練不足の雑兵《ぞうひょう》をそれなりに仕える戦力にまとめ上げてしまうことがあるのも事実だった。

マリシーヌを将に置き換えるなら、彼女の言う通りになることもあるのだろう。

「して、愚僧どもにお手伝いできることはございまするか」

「ヘレンには壮行会の聖女に関する宗教的な側面の監修をお願い致しますわ。普通のお別れ会とは違い、タブーやマナーもあれこれ存在しますでしょうし」

「それならばお任せあれ。古今の聖女の伝記は一言一句余すことなく記憶しております。先代に恥じることのない立派な出聖式に致しましょう」

ヘレンが頭《こうべ》を垂れる。

「俺は？」

「ナインは……正直、余計なことをしないでいてくだされればそれで十分ですわ。強いていえば——そうですわね。この先、放課後に教室でクラスメイトと作業することになるでしょう。その際、あの女に計画がバレないように別所で引き留めていてもらえると助かりますわ」

「それなら簡単だ。放課後に先生に補習をうけているのはいつものことだからな」

「偉そうに言うことですか！　まあ、そもそも、あの女もこの先関係各所への挨拶周りや調整に忙殺され、こちらに構っている暇もあまりないでしょうから、気負う必要はありませんわ。あとは——壮行会までにそれとなく、あの女が欲しい物、して欲しいことなどを聞き出せればベストですわね」

マリシーヌはそう言って肩をすくめる。

ナインが全く期待されていないことは明らかだった。

「わかった。とにかく俺は最終的にパーティメンバーが集まれば後はどうでもいい。よろしくやってくれ」

「ええ。お互いビジネスライクになすべき役割を果たしましょう」

「では、愚僧もこれで失礼致しまする。十分前行動を心がけておりまする故」

クラスが違うヘレンとはそこで別れ、マリシーヌはわざわざナインから距離を取って歩き始めた。

きっとナインと一緒に教室に入るのが嫌なのだろう。

これでいい。ナインたちは仲良しこよしのチームではないのだから。

＊　＊　＊

学院内の図書館は三階建ての円筒形の空間である。

螺旋《らせん》状の階段を上った先にある最上階の北側に、私語の許される談話室があった。

椅子に座ったナインは、素朴な木の長テーブルに広げたプリントを見つめている。

隣に座ったアイシアは、そのプリントに赤いインクをつけたペンを走らせる。

「……76点ですね。よくできました。前は65点だったので、差分で11アイシアポイントを差し上げちゃいますね」

アイシアは小さく拍手をする。

「そうか。思ったよりも高かったな。後半は全然できなかったけど」

「基礎がちゃんと身についている証拠です。応用はまだ難しいところもあるかと思いますが、マリシーヌさんもヘレンさんも優秀な生徒ですから、これからわからないところは彼女たちに聞いてくださいね」

採点を終えたアイシアがどこか満足げに言う。

「先生はもう教えてくれないのか？」

「ナインくんのためのカリキュラムは用意しようと思うんですけど、どこまでできるかはわかりません。でも、少なくとも今年の分は担任の責任として頑張りたいです」

「そうか。もうすぐ死ぬのに面倒かけるな」

「ふふっ」

アイシアが唐突に噴き出す。

「俺何か笑われるようなことを言ったか？」

「いえ、ごめんなさい。あまりにも直接的な表現がおかしくて。でも、そうですね。私、死ぬんですよね。幼い頃から常に意識してはいたんですが、いざその時が近づいてみると妙に現実感がなくて」

アイシアは教科書をまとめながら呟く。

「先生って童貞──人を殺したことないんだろ？　なら当たり前だ」

「モンスターなら倒したことは何度もありますよ？」

「魔王って喋《しゃべ》るらしいじゃん。なら、モンスターじゃなくて人だよ」

ナインにとっては武力で排除するしかない存在がモンスターで、それ以外の交渉手段がある存在は全て人だ。

実際、魔王にこそ会ったことはないが、魔族とならば何度か遭遇戦を経験している。奴らは独特の価値観を持っていたが、一応は交渉ができたし、敵の敵は味方ということで共闘したことすらあった。

「確かにそうかもしれません。……なら、先輩として後輩の私に対人戦に臨む心構えについてなにかアドバイスをくれますか？」

「わからん」

ナインは即答する。

「にべもありませんね」

「だって人それぞれ戦争に参加する理由は違うし、そもそも俺は初めから負けるつもりで戦ったことなんてないからな」

ナイフで鉛筆を削りながら答える。

「負けませんよ。私は必ず魔王を倒します。自惚《うぬぼ》れとかではなく、魔王と聖女の力は拮抗《きっこう》して生まれてくるので、普通に戦えば絶対にそうなります。少なくともこの二千年間に例外はありません」

アイシアはちょっとムキになったように言う。

「いや、だから相打ちは死ぬんだから負けだろ」

削りカスをプリントの裏に落とす。

全体の勝利と個人の勝利は別である。ナインとしては味方が勝っても自分が死ねば負けであり、逆に自分以外が全滅したとしても生き残れば勝ちだ。

「……ナインくん、もしかして怒ってます？」

「怒ってない。ただ、勝つことを最初から諦めてるのが気に食わないだけだ。聖女は魔王と互角に戦える力があるんだろ？　なら援軍を出してあと一押しすりゃ勝てるって考えるのが普通だろ」

ナインは椅子から立ち上がりゴミ箱のところまで歩いていくと、削りカスを流し捨てた。

「その疑問への模範解答は、『人間の軍隊は聖女が魔王との戦いに集中できるように、魔王軍を掣肘《せいちゅう》する必要があるから』ですね。向こうも援軍を出してくるから、こちらの援軍と相殺《そうさい》されるという訳で」

「そういうもんか。──ああ、戦場の心構えにつながるかは分からないけどさ。一つ思い出した。俺の戦場では、殿《しんがり》とか陽動の囮《おとり》とか、死ぬ危険性が高い任務につくやつは、武器以外なら仲間の持ち物をなんでも一つ要求していいんだ。食べ物とか、金とか、服とか、なんでもいい。だから、先生も欲しいものがあれば言っていいぞ。っていっても、俺は大した物は持ってないけどさ」

元の場所に戻ったナインは、横座りしてアイシアに身体《からだ》を向ける。

「何もいりません──と言うのもかえって困らせてしまうでしょうか」

アイシアは眉を下げて小首を傾《かし》げる。

「困りはしないけど、貰えるものは貰っとけって思わないのか？」

「私が望むと望まないとにかかわらず、既に聖女の遠征には全国からたくさんの供物《くもつ》が届けられています。その中にはナインくんの言ったような品もたくさんあります。でも、食品の類は食べきれませんし、お金も宝石も戦うのには邪魔ですし、服も着慣れたものの方が動きやすいですしね。ということで、皆さんの気持ちは嬉《うれ》しいんですけど、結局、何をもらっても、無駄にするか、国庫に寄付するだけになってしまい、持て余してしまうのが申し訳なくて」

そう言って教科書を肩掛けカバンにしまう。

（こりゃどう考えても仰々しい壮行会を喜びそうな感じじゃないな）

ナインは自身の直感の正しさを確信するが、かといって、一度引き受けた仕事を放棄することはできない。裏切りは戦場の常だが、それはここぞという時にするから効果的なのであって、いつも約束を守らないような輩《やから》では味方は誰もいなくなる。

「わかった。物はいらないんだな。じゃあ、あれはどうすんだ。ほら、なんか魔王討伐した奴には、なんでも一つ願いを叶《かな》えてくれるってやつあっただろ」

「ああ、いわゆる『特級世界脅威の無制限討伐報酬』ですね。確かに名目上存在し、憲法にも規定されていますが、それも聖女の相打ちを前提とした空手形にすぎませんよ。死人に口無しですからね」

「そういうもんか？」

「ええ。はるか昔から、聖女が出征する時に言うべき言葉は決まっています。『私が魔王を倒した暁には、皆が手を取り合う平和な世界を望みます』。何でも要求する権利がありながら、何も要求しないという、無私の聖女を演出する一環ですね。これが正しいだけの意味のない空疎な言葉だということは、ナインくんの方がよく知っているでしょう」

アイシアが白けた調子で言う。

「ふーん、つまらないな。でも、もし建前じゃなくて、本音で欲しいものを言っていいなら先生は何を望む？　もし先生が聖女じゃなかったとしたらさ」

「そうですね……『もっと教師を続けたい』ですかね」

「さすがにそれは俺じゃあどうしようもないな」

これが誰かを殺したいとかなら話が早いのだが、政治はナインの領分ではないのだ。

「ですよね」

「それ以外で何かしたいこととか、して欲しいこととかないのかよ」

「本当に何もしてもらわなくて大丈夫ですよ。でも、こういっては失礼ですけど、意外です。ナインくんがここまで私に興味を持っていてくれているなんて思いませんでした」

「……まあな。多分、先生に一番迷惑をかけてるのは俺だからな。借りを返さないまま死なれるのは気持ちが悪い」

「ナインくんは変なところで気にしいですね。いいんですよ。これも教師の仕事の内ですから」

アイシアは静かに首を横に振る。

「それじゃ俺の気が済まないんだよ。先生は何もしたいことがないって言うけどさ。そもそもしてみようとしたことがあるのか。先生、街で遊んだりしないだろ。なら、そもそも自分が何をしたいのかを知らない可能性もあるんじゃないか」

「確かに私は用もないのに街を散歩するタイプではありません。けど、それはナインくんもそうですよね？　他の人に追いつくために授業時間以外もこうして勉強を頑張ってますし、それ以外の余暇もモンスターを狩って、成績を上げることに専念している。正直、いつ寝てるのかと思うくらい、私以上にストイックな生活を送っています。とっても偉いですけど、いつか息が詰まってしまわないかちょっと心配です」

アイシアはナインの肩に優しく手を置いて椅子から立ち上がる。

「それもそうだな。じゃあ、先生として俺に息の抜き方を教えてくれ。そっちも色々忙しいと思うけどさ、何なら、今まで溜《た》めたアイシアポイントとやらを全部放出してもいい」

「あ、確かにこのままだとポイントが失効しちゃいますね。うーん、そういうのはマリシーヌさんの方が適任かと思いますけど……。私でしたら、国の温情で出立の一週間前には最後の自由時間を与えられてます。幸い学院も休日ですね。私は特に予定はなく、いつも通りに自室で本でも読んで過ごそうと思っていたので、本来ならお付き合いしたいところですけど――やっぱり生徒と先生がプライベートで二人っきりで外出するのはダメですよ。賢者の李下《りか》に冠《かんむり》を正《ただ》さず袖に隙間なしです」

アイシアが椅子を机の下に戻して腕組みする。

「じゃあ、クラスメイト全員で行くならどうだ？」

「クラスメイトみんなで街に──ですか。それならいいかもしれませんね。でも、その日は休日ですからね。皆さん、せっかくの休みを奪われるのは望まれないと思いますよ」

小首を傾げて言う。

「それは聞いてみなきゃわからないだろ。とりあえず、クラスの奴《やつ》ら全員に声をかけておくよ」

ナインも椅子から立ち上がって大きく伸びをする。

「……ナインくんがですか？」

アイシアが間を置いて聞き返してきた。

「俺がボッチだから不安か？」

椅子を戻しながらアイシアを横目で見る。

「いえ──はい、正直」

「だよな。まあ、マリシーヌとかにも協力してもらうから安心してくれ。あとはどれだけの人数が集まるかは先生の人望次第だな」

「……なるほど。今度は私が採点される番という訳ですね。ドキドキします」

アイシアは胸を押さえて、愉快そうに眉をちょっと上げた。

＊　＊　＊

アイシアが職員室に戻ったことを確認したナインは教室へと赴いた。

一応、ドアの前には数人の見張りがいたが雑談に興じるばかりで真剣さは感じられない。

まあ、魔法を極めているアイシアが本気を出したらこの程度の見張りなど意味をなさないのだから所詮は気休めか。

「……つーことで、後はクラスでそこそこ不自然じゃないくらいの人数の参加希望の署名をとって先生に渡して、当日俺以外が適当な理由をつけてバックレる。後は俺が先生を街で連れ回して時間を稼いでいる間に、みんなで教室を飾り付ければ計画完了だ」

教室内で陣頭指揮を執るマリシーヌにそう報告する。

クラスメイトたちの作業はもうかなり進行している。

香木の教壇には聖女のレリーフが彫られ、魔石で動くユニコーンの人形やら鳳《おおとり》やらもいる。

そのクオリティはどれも素人《しろうと》工作というレベルを超えており、よく見ると生徒たちに混じって明らかに年上のむさくるしいおっさんたちがいる。

専門の職人を呼んで指導させているのか。

「承知致しましたわ。ナインにしては思ったよりも上手《うま》くやりましたわね。褒めて差し上げますわ――あっ、買い出しご苦労様ですわ！　さあ、皆さん、甘い物でも摂《と》りながら休憩してくださいまし」

マリシーヌは雑にナインを賞賛してから、手提げを持って教室に入ってきた生徒ににこやかに呼びかける。

「でも、いきなり俺以外全員がバックレたら、さすがに先生にも何か仕込んでるってバレるぞ」

「構いませんわ。懸念《けねん》すべきは事前準備の段階であの女に露見して壮行会を中断させられること。逆に当日まで見事隠し通せて、逃げられないように外堀を埋めた時点でワタクシたちの勝ちですわ。あの女の性格からして、さすがに当日、生徒たちが時間をかけて準備しているものを無理矢理中止にさせたりはしませんでしょう？」

「まあ、先生ならそうだろうな」

ナインは頷《うなず》く。

アイシアはきっと、生徒たちの善意を踏みにじる選択はできないだろう。

彼女は自分自身にそういう生き方の縛りをかけている。

弱点があればつけこまれる。

それは戦場でも街でも変わらないルールだ。

「お二方！　色欲は七大罪の一つ。聖女様の門出を邪淫で汚すことは愚僧が許しませぬ！　ご存じでございまするか。色欲の地獄はそれはもう恐ろしく全ての性器は爛《ただ》れ腐り肛門《こうもん》とつながって穴という穴から蛆《うじ》と毒虫が湧き皮膚を内と外から食い破り――」

ヘレンは髪を振り乱し、数珠《じゅず》を鞭《むち》のようにしならせてそこかしこにいるカップルのつないだ手を切って回る。

もちろん、「きゃーなにー」、「怖いね。あっち行こうか」などと総スルーされていることは言うまでもない。

「……で、あいつは何やってんだ？」

「一言でいえば青春警察ですわね。ヘレンは神聖なる聖女様をダシに学生たちが恋仲を深めるのが許せないらしいですわ」

皮肉っぽく言って肩をすくめる。

「放置しておいていいのか？」

明らかに仲間集めに悪影響がありそうだが。

「まあ、恋愛は多少の障害があった方が燃えますし、お邪魔虫もちょうどいいスパイスになるのではなくて？」

「まあ、お前がいいならいいや。――で、俺は何を手伝えばいい」

「あなたにはあまり美的センスは期待できそうにありませんし、隅っこで木材の裁断でもしていてくださる？」

「おう」

簡単な役目で助かった。

ヘレンほどではないが、バカップルと組まされるくらいなら一人でできる作業の方がマシだ。教室の隅っこには製材スペースがあり、そこでは寡黙なおっさんが監督している。

ナインは黙々と指示されるままに木材にのこぎりを当てる。

「……さすがナイン殿は弁《わきま》えていらっしゃいますな」

やがてヘレンがふらりとナインの下にやってきた。

まだ怒りが収まらないのか、その全身から幽霊《レイス》のような陰気なオーラが立ち昇っている。

「んー？　俺もはしゃいでる奴らとは合わないけど、ぶっちゃけ、先生は生徒が自分をダシにイチャつこうが気にしないと思うぞ。生徒が適当でも、世界中の信者が聖女を崇《あが》めているんだしな。むしろ、敬われすぎてめんどくさそうな感じだった」

ナインは鋸《のこぎり》を引く手を止めて答える。

「確かに期待し過ぎるのもよくはないとは思いまするが……。出聖式はいわば聖女の葬式の代わりのようなもの。浮かれ騒ぐのは不謹慎ではございませぬか」

ヘレンが眉を顰《ひそ》める。

「うーん、その感覚はよくわからん。戦場の葬式は結構明るいぞ。酒も飲むし、歌うし」

昨日まで隣で寝ていた奴が朝には肉塊に変わっている世界で、一々嘆き悲しんでいる暇はない。せいぜい乾杯の挨拶代わりにしてやるくらいがちょうどいい葬送というものだ。

「ふむ。陽であろうと陰であろうと、熱量の籠った感情を傾けるならばそれは悼《いた》むことになり得る――深うございまするな。ナイン殿がそうおっしゃるならば、生徒の不埒《ふらち》は不問に致しましょう。――されど、他に気になることがもう一つ」

ヘレンが人差し指を立てて声を落とす。

「なんだ？」

「マリシーヌ殿はいささか大盤振る舞いし過ぎにござらぬか。もちろん、聖女様の門出を飾る行事でございますれば、みすぼらしいものにする訳にはいかぬと気負うのは分かりまするが、予算が不足せぬかいささか心配でございまする」

「壮行会に必要な費用は学院から出てるんだろ？」

「然《しか》り。されど愚僧が推察するに、マリシーヌ殿が学院長から賜った袋の中身が全て金貨だとしても足りませぬ。その疑問をマリシーヌ殿に尋ねても歯切れが悪うございまして。まあ、全て愚僧の取り越し苦労かもしれませせぬが」

ヘレンが逡巡《しゅんじゅん》するかのように目を泳がせる。

パーティメンバーを疑うことに躊躇《ちゅうちょ》があるのだろうか。

「そうか。でも、費用のやりくりを含めてあいつの裁量だろ。万が一金が足りなくてもあいつのせいだし。少なくとも俺はもしあいつが金の無心をしてきても銅貨一枚も貸さない」

手についたおがくずを吹き飛ばして言う。

「然り。愚僧も金貸しは教義に反する故致しませせぬ。もっとも、そもそも愚僧には貸す金がございませぬが――むむっ！　手つなぎまでは許しまするが、さすがに接吻《せっぷん》は！　接吻は限度を超えておりまするぞ！　この大淫魔めが！」

ヘレンがまた目を血走らせて駆けていく。

ナインはまた黙々と材木を切り始めた。

＊　　＊　　＊

アイシアと約束の当日——昼前の指定時間に、ナインは一人で校門へ向かう。

空は憎たらしいくらいの快晴で、夏の終わりの涼気を孕《はら》んだそよ風が心地よく吹いている。

アイシアはすでに来ていた。

特に余所行《よそい》きのお洒落《しゃれ》をするということもなく、いつものシンプルで清楚《せいそ》なブラウス姿である。

もっとも、ナインも制服であるので人のことは言えないが。

「こんにちは。ナインくん——だけですか？」

「他の連中は来られなくなった。えーっと、欠席事由は、腹痛、親戚の結婚式、こむらがえり、頭痛、吐き気、胸やけ、靴ズレなどなど」

ナインは棒読みで他の生徒から預かってきたわざとらしい言い訳を読み上げる。

「はあ、なるほど……。ナインくんが積極的に私を誘ってくるなんてどうにもおかしいと思ってましたが、そういうことですか。一体誰の差し金ですか？」

アイシアは大きくため息をつき、眉間を押さえる。

やっぱり一瞬でバレた。

「学院長が先生のお別れ会兼聖女の壮行会をやりたいという話を持ち掛けてきて、マリシーヌが俺たちパーティにもメリットがあると判断して幹事役を受けた」

ナインは速攻で白状した。

「なるほど。もうすぐ学院長選挙も近いので、実績作りという訳ですか……。生徒たちを私の個人的な事情に巻き込まないで欲しいって、上には口を酸《す》っぱくしてお願いしていたんですけどね。――ごめんなさい」

アイシアが肩を震わせて、珍しく怒気の孕む声で呟《つぶや》いた。

「いや、さっきも言った通り、俺たちにも利益があって受けたことだから別に謝る必要はない。それに他のクラスメイトもなんだかんだ楽しそうにやってるぞ。そりゃ騙《だま》された先生はむかつくだろうけど」

「確かに個人としての私はちょっぴり残念な気持ちもあります。――でも、それ以上に教師としての私は、ナインくんがクラスメイトと秘密の計画をできるくらいまで人間関係を築けたことが嬉《うれ》しいです。少しは教師としての役目を果たせたって思えますから」

アイシアは気持ちを切り替えるように大きく深呼吸して、また笑顔を作る。

利用されることに慣れてる反応だ。

仮にナインがアイシアの立場だったら、確実に学院長のところに殴り込んでいるだろう。目に見える実害がなくとも、相談もなしに自分の行動の主導権を握らせるのは精神の自律性を倦《う》ませるからだ。

「なら誰も損してないしいいだろ。教室の飾りつけが終わるまでの時間稼ぎに付き合ってくれ」

今頃マリシーヌたちは倉庫にしまってある装飾を教室に運び込んでいる頃だろうか。

マリシーヌの見栄《みえ》とヘレンの偏執的なこだわりを満たすクオリティに仕上げるには相当な時間を要すると思われる。

「ふふっ、それを私に言ってもいいんですか？　多分、サプライズにするつもりだったんですよね？」

「もうバレてるのに腹の探り合いをして過ごすのも時間の無駄だからな」

ここら辺はマリシーヌやヘレンとも打ち合わせ済みである。下手に隠すとアイシアが不信感を抱いて自分で計画を探り始める可能性もあるので、素直に事情を話して協力を仰いだ方が確実だという判断である。

「わかりました。お付き合いしましょう。ナインくんが私をエスコートしてくれるんですか？」

「ん？　むしろ、先生が俺に息抜きの仕方を教えてくれるんじゃなかったのか。使い道の良く分からないアイシアポイントの価値を提示してくれ」

「そう言われると少々困りますね。実は私も教師になる前は基本的に王宮の外に出ることがなかったので、街遊びには慣れてなくて。もちろん、教師になってからは買い物も自炊も覚えましたが、そういうことではないですもんね。私は読書も好きですけど――それはナインくんにとっては息抜きにはならなそうですし」

アイシアはそう言うと、顎に指を当てて考え込む仕草をする。

「なんだよ。頼りねえな」

「面目ないです。でも、教師が意外と世間知らずなのは私に限らずあるあるですから、大目に見てくれませんか。――ちなみにナインくんは何か私とやりたいことはありますか？」

「先生と本気で戦ってみたい」

ナインは目を輝かせる。

莫大《ばくだい》な魔力を有し、闇魔法以外は全部使えるであろう魔法使い。さすがにここまでの代物は戦場でも見たことがない。本気になったアイシアがどんな戦術をとるのかは興味がある。

「……それはいわゆる息抜きとはいえませんね。怪我《けが》をする訳にもさせる訳にもいかない時期ですからお引き受けできません。ちなみにナインくんの友達——過去のお仲間は、余暇の時間をどう過ごされていたんですか？」

「ん？　まあ、男が休みにやることなんて単純だな。メシか酒か女か博打《ばくち》のどれかだ」

即答した。

とはいっても、ナインはそのいずれにも興味が薄く、余暇も鍛練ばかりしていたので変人揃《ぞろ》いのナンバーズの中でも異常者扱いされていたのだが。

「な、なるほど。お酒は未成年のナインくんに勧める訳にはいきませんね。賭け事や色事は詳しくないばかりか聖女としての能力に関わるのでお付き合いできませんし。ご飯なら最近、接待や会合で連れて行って貰《もら》ったお店を何軒か知ってはいますが、私は今、光魔法の力を最大限まで高めるために肉食を制限しているので、若いナインくんには物足りないメニューになってしまうかもしれません」

「結局ダメじゃん。まあ、俺のことはいいや。別に息抜きする必要性も感じないし、この前ああ言ったのは先生を引っ張り出すための方便だし。先生の行きたいところでいいよ」

ナインは肩をすくめた。

「そうですね。本屋さん――は今から本を買っても読み切れなかったら残念ですし。……一般的に時間を潰すならカフェですかね。私がたまに読書をする際に使う店にでも行きましょうか」

「じゃあそれで」

ナインは頷《うなず》いた。

アイシアに先導されながら歩く。

大通りから一本入った静かな裏通りにその店はある。

アイシアが店に入るとその顔を見た店員は大きく目を見開いたが、特に何も言うことなく、奥まった人目につきにくい席に案内してくれた。

ナインはアイシアに勧められるがままにソファー席に腰かける。

そしてアイシアは向かいの椅子に静かに脚を揃《そろ》えて座った。

「『本日のケーキセット』をお願いします。ドリンクはアイスティー、茶葉はマールグリーンで」

「俺も同じものを」

注文を取りに来た店員にオーダーを出す。

やがて、割れやすそうな陶器の皿に盛られたケーキ、そしてガラスのコップに入った紅茶が、フォークと共にトレイに載せられて運ばれてくる。

「万物の神々と、敬虔《けいけん》に働く人々のもたらす糧《かて》に感謝を」

「……」

ナインは祈りの言葉を捧《ささ》げるアイシアを横目に、ケーキを手摑《てづか》みして口に放り込んで咀嚼《そしゃく》する。

それから、アイスティーで一気に胃へと流し込んだ。

「……これの何が楽しいんだ？」

一瞬で食い終わった。

確かにケーキは美味《うま》いは美味いが、値段からすれば量が少なすぎるという感想しか出てこない
「えっと、本当はもうちょっとゆっくり、このお店の雰囲気を味わいながら食べてほしかったんですけど」

アイシアは三角形のケーキの先っぽをフォークで崩しながら苦笑いする。

「ふーん。で？　このままここで時間を潰すのか？　一応、夕方の鐘がなるまでは引っ張らなきゃいけないいんだが」

「メニューを頼まずに長居するのはマナー違反ですね。でも、ここでお腹《なか》をいっぱいにす

ると、おそらく学院長が晩餐会《ばんさんかい》をねじ込んできていると思われますから後が辛《つら》そうです。

とはいえ、他に特に行きたいところもないですし。ナインくんは何か私にお勧めはありますか？」

　アイシアは一定間隔でケーキをフォークで口に運ぶ動作を繰り返しつつ言う。

「うーん、そう言われてもな。女が何を望むかなんて俺は知らないよ。戦場でも女が最期《さいご》に願う欲望は複雑でめんどくさいんだよな。男と違ってパターン化できるほど単純じゃなくて、変なのばっかりだった」

　ナインはそう答えて、コップに残った氷をかみ砕いた。

「具体的に伺っても？」

「んー、例えば、周りの男に全員女装させて化粧させたいとかかな。ちなみに俺は一番女装が似合うって褒められたよ」

　ファーストが生物学的に女かどうかはついぞ分からずじまいだったが、とにかく、そこらのボロキレを集めて貴族にも見劣りしないドレスに仕立ててしまう器用な奴《やつ》だったことは間違いない。

　なにより交渉の名手で、地獄の戦場でも最後までナインたちを生き残らせることを諦めなかった。

「くすっ。確かにナインくんはぱっと見細身ですから、似合うかもしれません。もし私がナインくんを女装させたいと言ったらやらせてくれますか」

からかうように聞いてくる。

「いいぞ」

ナインは真顔で頷く。

「えっ。いいんですか」

「別に服なんて着られればなんでもいいしな。娼婦《しょうふ》に紛れ込んで敵の寝込みを襲ったこともあるし、たまには練習しとくのも悪くない。まあ、先生が女装させた学生を連れ歩くことを気にしないならの話だけど」

もしアイシアが女装程度でナインをからかえると思っているのなら、甘すぎる。

戦場における羞恥心など、全く無用で最も捨てやすい感情にすぎない。

「……やめておきましょう。他には？」

「一日お姫様扱いしてほしいとかいうやつもいたな。でも、先生には無用だろ？」

男と一緒に立小便するようなあいつが、そんな欲望を抱えていたなんて気づきもしなかった。

「それは遠慮したいですね」

アイシアが複雑な表情で頷く。

本物の元王女様をお姫様扱いしてもそれはおままごと以下の茶番にしかならない。

「だよな。そうなると、あとは――モフモフ天国だな」

「モフモフ天国とは？」

「名前の通り、近くの町から猫や犬や馬とかを片っ端から買い集めてきてひたすらかわいがるだけだ」

いつも『イケメンだけのハーレムを作りたい』と言っていた性欲まみれのセブンが、ひそかに毛も生えてないようなガキみたいな望みを持っていたのは意外だった。

「それは素敵ですね！」

アイシアが目を輝かせる。

「じゃあ、やるか？」

「できればいいですけど、そう都合よくモフモフはいませんよ。ブリーダーは大体郊外にいますからね。さすがに今から往復するのは難しいでしょう」

「そうだな。でも、似たようなのなら一つ思いつかないでもない」

「本当ですか？」

「ああ。先生は俺が冒険者ギルドに出入りしていることは知っているよな？」

「ええ。とても優秀な討伐成績ですからもちろん覚えていますよ」

アイシアが頷いてアイスティーにストローを入れて口をつける。

「で、冒険者ギルドには、やっぱりいつまでも残ってる不人気な依頼もあるんだよ。分かりやすいところだと、下水道のネズミ退治とか、農村のゴブリン討伐とか」

「いわゆる３K任務ですね。人気はありませんが誰かがやらなければならない大切な依頼は補助金で報酬を上乗せして対応します」

「ああ。そういう緊急性の高いのとは別にいつまでも残っている依頼の一つに、ペットの捜索任務がある。飼い主は必死なんだろうけど、大体報酬が安い上に、逃げ出したペットの居場所を特定するなんて手がかりが少なすぎて任務達成の目途が立たないから、コスパが悪すぎてやる奴はまあいない。もちろんそんな個人的な依頼に補助金なんて出るはずもないしな」

「なるほど！　その依頼を私たちで引き受けようということですね」

「そういうことだ。頑張りようによっては即席のモフモフ天国が出来上がるかもしれない」

「素晴らしいじゃないですか！　困っている方々の助けにもなりますし、時間も潰せます。一挙両得の素晴らしいアイデアです。100アイシアポイント差し上げます！」

アイシアがグラスについた水滴でテーブルに数字を書いた。

「そのポイントはさっき役に立たないことが判明したからいらない。——でも、まあ、先生の魔法があれば俺の出る幕はないだろうな。探知魔法で探して、適当に風魔法か土魔法で捕獲して終わりだ」

ナインは肩をすくめる。

「そんなことはありませんよ。街中では他人に危害を与える可能性のある魔法の使用は禁止されています。つまり、探知魔法はともかく、風魔法とか土魔法は使いにくいので、目当ての動物を捕まえるのは大変です。ですから、ナインくんの身体能力に期待させてもらいますね」

アイシアはそう言って、最後の一切れを口に入れる。

やがて店が混み始めたのを機に、会計を済ませて外に出た。

「んで、どう探そうか。そもそも、先生の探索魔法ってどれくらいの情報が得られる？前に森で使ってたのを見るに、相当いけるだろ？」

「生物の所在位置と大きさ、それに保有魔力量くらいは分かります。具体的な容姿は遠見の魔法を使えば見られますが、さすがに一体一体確かめていると時間も魔力も尽きそうです」

「じゃあ、とりあえず近場にいる野良《のら》の動物を片っ端から捕まえて、後で依頼書を確認して当てはまりそうなやつを受けて引き渡すか。決め打ちで言っても効率が悪そうだ」

「わかりました。『風は気まぐれ。旅は一期一会《いちごいちえ》。会える会えぬは運命なれど。風の便りを乞い願う』」

アイシアが詠唱を開始する。

やはり、彼女の探索魔法は見事なものだった。

探索範囲も精度もこれまでナインが遭遇した最高の斥候の少なくとも十倍以上の能力がある。

それはすなわち、ナインの仕事が重労働になることを意味していた。

もちろん街の中で暮らす平和ボケした動物ごときに後れをとるナインではないが、問題はこれが駆除ではなく、捕獲作業だということである。犬や猫の類は比較的簡単だが、鳥や爬虫類《はちゅうるい》といった小動物となると、傷つけずに捕まえるのが難しいので中々苦労した。

それでも最終的には、猫十七匹、犬八匹、鳥を十羽《わ》、爬虫類を六匹捕えることに成功した。

その内の何匹かには実際捜索依頼が出ており、ギルドから依頼達成の報告を受けて駆け付けてきた飼い主たちは、もう諦めかけていたペットとの再会に涙を流して喜んだ。

さらに騒がしくなったのはそれからで、飼い主たちは依頼を達成したのが聖女たるアイシアだと分かると、涙どころか平伏《ひれふ》し拝み始めた。

やがて何事かと駆け付けた野次馬《やじ》が野次馬を呼び、やがて冒険者ギルドは満杯になる。

結局、その場で説法をせがまれることになったアイシアは嫌な顔一つせずそれに応えた。

ナインはその横で欠伸《あくび》をしていたが、日頃は初心者に絡《から》みがちな柄の悪い冒険者までが静かに目を瞑《つぶ》ってアイシアの言葉を清聴しているのにはちょっと驚いた。

改めて聖女という存在の大きさを思い知らされた気がする。

「とてもいい息抜きになりました。素晴らしいエスコートでしたよ。ナインくん」

惜しまれつつ冒険者ギルドを出たアイシアはどこか晴れ晴れとした顔で伸びをする。

「それはよかったけど、そいつらどうするんだ」

「……どうしましょうか」

アイシアが小首を傾《かし》げる。

彼女の周りには、とりあえず捕まえたものの飼い主が見つからなかった動物たちが取り巻いている。

「全然逃げないな。野良なのに」

犬や猫や鳥が懐《なつ》くのはまだわかるが、普通は人に馴《な》れないという爬虫類までアイシアにべったりなのはどういうことだ。

「生まれつき動物には懐かれやすい体質みたいです。我ながら聖女なんて呼ばれる存在に生まれてよかったと思える数少ない恩恵ですね」

アイシアが思う存分動物たちを抱きしめてモフモフ天国を謳歌《おうか》しながら答えた。

「ああ、聖女といえば聖獣がセットのイメージだしな」

今まさに偽物《にせもの》のユニコーンとフェニックスがアイシアを教室で待ち伏せている。

「実際、困りましたね。学院には飼育部もありますけど、この子たち全部を養えるだけの予算はついてなかったと思います。聖女への寄付金を多少は融通してもいいんですが、一時的にはともかく、維持できる保証がありませんからね」

アイシアの真似《まね》をして、小鳥がコマリマシタコマリマシタと繰り返す。

「とりあえず、このまま壮行会の教室に連れてっちゃえばいいんじゃないか？　どうせ学院長は新聞屋の連中と待ち構えているから、そこで先生に『私の置き土産ですから、大切にしてあげてください』とでも言われたら、学院長も飼育部の予算の増額も拒否れないだろ。マスコミは必ず美談として取り上げるから、学院長がそいつらを冷遇したら評判への汚点となる」

ナインは制服についた泥をはたき落としながら答えた。

「なるほど。中々いやらしい作戦を考え付きますね。——ナインくんは意外と政治家向きかもしれませんね」

「んな訳あるか。長いこと戦場にいると、いかに相手の嫌がることをするか、自然に考えるようになるんだよ」

「それはなんとまあ……。でも、学院長さんは敵ではありませんよ」

「かといって味方と言えるかも微妙だろ」

「ですね。まあ、こちらは向こうの思惑に勝手に巻き込まれたんですから、多少のわがままを言っても罰は当たらないでしょう」

アイシアはそう言って、野良猫の前足を持ち上げた。

そして、やがて夕刻を示す鐘が鳴り響き、二人は学院へと足を向ける。

すれ違う生徒に二度見されながら、教室に向かう。

ドアの前で、ナインはアイシアに先に入るように促した。

アイシアは全てを察したようにはにかんで、扉に手をかける。

パン！　パン！　パン！

「アイシア先生、今までありがとうございました！」

彼女が教室の扉を開けると、風魔法の空砲と紙吹雪が宙に舞う。

パチパチパチパチパチパチパチパチパチパチパチパチパチパチ！

瞳を潤ませた生徒たちの拍手が教室を包み込む。

学院長はしきりに満足げに頷《うなず》き、記者は箱形の模写の魔導具でアイシアにフォーカスする。

ナインも中に入り、静かに扉を閉めた。

「皆さん……」

アイシアは驚いたように目を見開く。

こうなることは分かっていたのだから当然演技——という訳でもないのだろう。

生徒が造った出し物と聞いて、彼女はおそらく、文化祭程度のちゃちなクオリティを思い描いていたはずだ。だが、実際はプロ顔負けのクオリティなのだから想像とのギャップで驚いても不思議ではない。

コンセプトは、初代聖女が説教を垂れたという森。それ故に教室には生の芝生と針葉樹が持ち込まれている。香木の説教壇の両隣を固めるのは、ユニコーンとフェニックスの彫像。その瞳には眩《まばゆ》い宝石がはめ込まれている。

さらにはヘレンが連れてきたらしい光魔法を使う僧侶たちが光球をばらまいて室内を眩く照らし、説教壇はさらにそれよりも明るくスポットライトが当てられていた。

生徒代表面して最前列に陣取るマリシーヌがドヤ顔しているだけのことはある。

それはまさに聖女にふさわしい告別の舞台なのだろう。

だが、その分、教師成分はおざなりになっているのは否《いな》めない。一応、黒板に描かれた生徒からの寄せ書きがそれっぽいが、そこに書かれているのは「世界のために尽くすアイシア先生を心から尊敬します！」とか、「先生のご武運を毎日神にお祈りします」とか、教師というよりは聖女へ向けたメッセージが大半を占めている。

まあ、学院長も教師というよりは聖女のアイシアを送り出したいのだから、これが任務としては正解なのだろうが。

（生徒が知ってるのは『先生』としてのアイシアだけだろ。俺たちに聖女のなにがわかる）

ナインはどこか白けた気分でその光景を眺めていた。

「聖女様！　私、パンゲア新聞の記者、ルードと申します。その動物たちは聖女様のペットでしょうか？」

「いえ。自由時間があったので、そこのナインくんと迷子のペットの捜索依頼を受けたのですが、飼い主の見つからなった子たちがついてきてしまいまして」

「素晴らしい！　聖女様は余暇まで慈善活動をなさっているんですね！」

記者がしきりに手元の紙にメモを取る。

「はい。いつもという訳ではありませんが。――ジェームズ学院長。依頼のためとはいえ、一度拾った子たちを再び街に放つのは無責任ですから、学院で預かって頂けませんでしょうか。本来は自分で手筈《てはず》を整えるべきですが、私にはその時間がありません」

アイシアが学院長に頭を下げる、

「分かりました。私の名誉にかけてお引き受けいたします。――学生たちに最後の授業をお願いできますか？」

「わかりました」

アイシアが唇を引き結び、真剣な表情で説教壇に立つ。

偽物のはずのユニコーンが教卓の上に寝転び、フェニックスがアイシアの肩にとまる。

おそらく、ヘレンが傀儡《かいらい》魔法で操っているのだろう。彼女の闇魔法の習得は順調らしい。

空気が一気に重くなる。

動物たちもまるで彼女の兵士であるかのように頭《こうべ》を垂れた。

説法ならさっきも聞いたばかり。

一度でもめんどくさいのに二度なんてまっぴらごめんだ。

ナインは感動してる風を装《よそお》って目を閉じて、立ったまま仮眠を取る。

……。

……。

……。

「――それぞれが無理をしない範囲で誰かを思いやること。それが世界のためになります」

再び万丈の拍手が鳴り響き、ナインは浅い眠りから覚醒する。

「では、これにてアイシア先生を送る会を終了し、聖女様の壮行会に移らせて頂きますわ」

マリシーヌが学生服の上から白いローブを被《かぶ》る。

他の学生たちもそれに倣《なら》った。

ナインはそんなこと聞いていない。

急遽《きゅうきょ》決まったのか、マリシーヌが嫌がらせでハブってきたかは不明だ。

(まだマリシーヌは決闘のことを根に持ってるのか?)

全く器の小さい奴《やつ》だ。

「然《しか》れば、ここからは僭越《せんえつ》ながら愚僧が司会を務めさせて頂きまする。古《いにしえ》の伝統に則《のっと》りますると、聖女の出聖式を執り行うには三者を必要としまする。すなわち、一に王、二に僧、三に弱者でございまする。一の王は地上の肉体的世界の支配者が聖女の魔王討伐を肯定していることを示し、二の僧は幽界の精神的世界の支配者たる神が聖女を祝福していることを示し、三の弱き者は至高の聖女が敢《あ》えて汚れた罪深き弱者にへりくだることで、その余徳が万民に及ぶことを示しまする。されど、時代は変わり、今は一の王がおらぬ故、民主主義的な選挙を経て選ばれた学院長が王の代わりとなりまする。二の僧は、僭越ながら法皇様の代理権を許された某《それがし》が務めさせて頂きまする。三の弱者は愚僧どもの教会の前で寝転がっておられた路上生活者のヨブ殿にお願い――はて？　ヨブ殿はいずこに」

ヘレンが左見右見《とみこうみ》して辺りを見渡す。

「ヨブって酔っ払いのおっさんだろ？　そういえばさっきトイレに行くって出ていったぞ」

「それって三十分くらい前でしょ？　いくらなんでも時間がかかりすぎじゃない」

生徒たちがざわめき始める。

「……これは、逃げられましたわね」

マリシーヌが苦虫を噛《か》み潰したような顔で言う。

「いや、そのようなはずが――愚僧どもも貧しい身にはございますれど、きちんと敬意を払い、施しもいくらか渡したのでございまするが」

ヘレンが小首を傾げる。

「はあ⁉ 無宿者に先に報酬を渡すとか、あなたアホですの？ そんなの持ち逃げされるにきまってているでしょう！」

マリシーヌが額に手を当てて天井を仰いだ。

「なんと！ まさかこの聖女様の前で盗みを働く不届き者がおろうとは！ しかし、困り申した。弱者がおらねば儀式が完了致しませぬ！ ——くっ、神聖な儀式を台無しにしてしまうなど愚僧一生の不覚！ この上は雪山に籠り千日の修行にて禊《みそぎ》の償いをば！」

負のオーラを全開にしてなぜか服を脱ぎ出そうとするヘレン。

周りはドン引きしている。

ヘレンが奇行をするのは彼女の自由。しかし、この壮行式はパーティで引き受けた依頼なので失敗すればナインにも不利益が及ぶとなれば看過はできない。

「なあ、ヘレン。よくわからないけど、汚れていて身分が低い奴がいればいいのか？ じゃあ、俺がその『弱き者』をやるよ」

見かねたナインはそう申し出た。

ここで言う弱さが武力の多寡ではなく、社会的なものであることくらいは今までの会話でわかった。

ナインは世間では時に大量殺戮《さつりく》者の扱いを受ける元棄民兵。

ちょうどおあつらえ向きに制服も汚れている。

「失礼！　あなたは、さっき聖女様のおっしゃっていたナインさんですね。ナンバーズの生き残りは各地におりますが、もしやとは思いますが『ナシのナイン』さんですか」

「そうだよ。この中では一番『弱き者』だろ？」

「……弊紙はリベラルです。あらゆる差別を是認しません」

記者が答えにならない答えをして、ごくりと唾を呑《の》み込んだ。

「はて？　ナイン殿は本学の学生でございまする故、『弱き者』ではございませぬが。しかも、俊英《しゅんえい》の集まるこのルガード学院にて優秀な成績を収めておられるのですから」

ヘレンがキョトンとした顔で言う。

こっちは記者と違って、本当にナインの過去は過去として今の社会的な属性とは別物と割り切っているのだろう。

「まあ、みんな納得してるみたいだから、俺でいいじゃないか」

学生から僧侶まで、異論は一つも聞こえてこない。

ナインを恐れて口を噤《つぐ》んでいるのかもしれないが、それならそれでナインで『正解』である証明になる。

「……ふむ。また愚僧がズレてござったか？　然らば、これが予定しておりました儀式の台本にございまする」

ヘレンが不承不承といった感じでプリントを渡してくる。

「これって酔っ払いのおっさん用だろ？　少し俺流にアレンジしてもいいか？」

ナインはそれを一読してから尋ねた。

「もちろんにございまする。神事には誠から出た言葉こそ大事でございまする」

ヘレンが頷《うなず》く。

ナインはそこでアイシアの説教壇の前に進み出ると、床に体育座りをする。

そして胸の前で両手を組み、アイシアを見上げた。

「『聖女様聖女様。私は罪深き者でございます！　昨日も今日も力に溺れ、この手は数多《あまた》の血で汚れています。しかし、しかし、このような私でも魔王は恐ろしい。だから、聖女様におすがりするしかないのです。ああ、聖女様、世界の希望よ。あなたはこの卑小なる祈りを受け入れてくださいますでしょうか』」

プリントを横目にいくつかの単語を入れ替えながら、心にもない懇願をする。

「『受け入れましょう。悩むことはありません。万民が神の下に悔い改めて祈るならば、必ず未来は開けます。ああ、神よ。私が魔王を倒した暁には、彼のような弱き者が尊重され、皆が手を取り合う平和な世界が来ますように』」

アイシアが答える。

それが彼女の本心ではないことを、ナインは知っている。

アイシアが説教壇から降りて、ナインの前に跪《ひざまず》く。

そして、その純白の服の袖で、ナインの靴の汚れを拭き始めた。

一瞬、彼女はこちらを一瞥《いちべつ》して泣きそうな表情になった。まるで自分で自分の言葉に傷ついているような顔だった。

だがそれも時間にしてみれば一秒にも満たない刹那のことで、やがて凪《なぎ》のようなアルカイックスマイルが戻ってくる。

その瞬間、彼女の中の教師が、聖女に切り替わったかのように、ナインには思えた。

第四章　先生と戦うことになった

季節は緩やかに進み、秋になった。

まだ時たま残暑が顔を出すものの、おおむね過ごしやすい日々が続いている。

ルガード戦学院はまさに期末試験の真っただ中。実践的な人材の輩出を目的とする学院だけあって、その試験内容は一風変わっている。

冒険試験、学生たちが冒試と略して呼ぶそれは、一ヶ月間の長期にわたる野外実習である。チームを組んだ学生たち自身が計画を立てて冒険者ギルドに発注された任務や学院が設定した目標などを受注し、軍事的な成果をあげることを目指す。成績はもちろん、達成した任務の難易度次第で決まることは言うまでもない。

単純な戦闘能力のみならず、情報収集能力や、チーム力、そして、継続的な任務遂行能力などなど、総合的な実力が求められる試験となる。

そんな試験の三日目。

ナインたちは北へと向かう馬車の中にいた。

客車を引くのは八頭の白馬。

ユニコーンの血を入れて品種改良したという最高級のその馬たちは、知能が高く御者いらずなのだという。

そして、さすがは八頭立ての馬車だけあって、客車もかなり広い。

派手さはないが高級だと分かるクッション性の高い敷物《しきもの》が尻に優しい。

「くっ、このワタクシがあの女の施しにすがるはめになるなんて……。一体どうしてこんなことに」

マリシーヌが頭を抱えて震えている。

「いや、どうしてもなにも、お前がクラスメイトに金を借りようとしまくって嫌われて、パーティメンバー集めに失敗したからだろ」

ナインは容赦なく現実を突きつける。

そう。あれだけ自信満々にイキっていたのに、この女は新たなパーティメンバーを獲得できなかった。ヘレンの懸念《けねん》通り、壮行会に金をかけすぎて予算オーバーしたどころか、勝手に学院の名前で借金までしていたらしい。当然、学院側がそんなムダ金を認めるはずもなく、マリシーヌ自身がツケを払わされることとなった。首が回らなくなったマリシーヌは、ちょっと親しくなった奴らに片っ端から借金を申し込み、見事に疎《うと》まれた。

マリシーヌ曰《いわ》く、借金の無心をする前はパーティメンバー希望者を数人にまで絞り込むところまでいっていたそうだが、結果は結果である。

「周りの度肝を抜くような素晴らしい催しにすれば事後承諾で予算の増額が認められると思いましたのよ！　事実、新聞記事では特集まで組まれるくらい絶賛されていたではありませんの！　それなのにあの吝嗇《りんしょく》学院長と来たらにべもなく拒否して！　きっとワタクシの実家への影響力が低下しているから足元を見られたのですわ」

「全部お前の暴走だろ。人のせいにするな」

「お黙りなさい！　大体、ナインも悪いんですわよ⁉　せこせこと小銭を貯《た》め込んでいてもどうせ使い道もないでしょうに、パーティのために供出しようという殊勝な心掛けはございませんの⁉」

「お前それ逆切れ以外のなにものでもないぞ。まあ、もし俺が貸していてもどうしようもなかったけどな」

ナインはかなりの討伐以来をこなしているのでそれなりに収入はある。

だが、そんなものでは焼け石に水なくらいに足が出ていた。

「くうー！」

マリシーヌがハンカチを噛んで地団太を踏む。

「まあまあ、結局、ご実家がきちんと清算してくださったのでありましょう？　然《しか》らばそれで良いではございませぬか」

目を閉じて座禅を組んだヘレンが呑気《のんき》に言う。

「全然よくありませんわよ！　このままだと親から見限られるどころか絶縁されますわ！」

マリシーヌはそう叫ぶと、右手の親指を立て自身の首を斬るポーズをした。

「はーい！　みなさーん、喧嘩《けんか》をしないでくださーい！　大丈夫でーす。私が最後までお付き合いしますからねー」

間延びした声が口論を遮る。

アイシアはユニコーンを模した枕を頭の下に敷いて、こちらに向けていないないばぁをしてくる。

「またご迷惑おかけしまする」

「いいんですよー。道連れがいた方が私も退屈しませんしね！　愉快に行きまっしょう！」

鷹揚《おうよう》に頷いて鼻歌を歌い始める。

（しまらねえな）

ナインは鼻の頭を掻《か》いた。

パーティのための任務とはいえ、あれだけ盛大にアイシアを送り出しておきながらこの体たらくである。

ナイン自身も今生の別れだと思ったからこそアホ臭い儀礼に付き合ったというのに。

だが、実際問題パーティの人数が足りない以上は、前と同じく教師にフォローしてもらわなければ試験に臨めないのもまた事実。

もちろん、普通の教師はそれぞれの研究や仕事があるので、学院の外で一ヶ月も拘束される長期実習に付き合えるはずはない。従って、普通ならばパーティメンバーを集めきれなかった時点で落第は確定である。

唯一の例外はそう。アイシアのような退職予定の教師くらいのものだ。

彼女は既に実質的な教鞭《きょうべん》は執っていないものの、有休の消化や事務処理手続きの諸々が絡《から》み、あと二ヶ月ほどは学院に籍が残っている状況であった。ナインたちの窮状を見かねたアイシアはその時間差を利用して、ギリギリまで監督を引き受けてくれることになったのだ。

魔王の出現予測地点とナインたちの目的地がたまたま一致していたのは幸運であったが、どことなく居心地の悪い気持ちもある。

「ナインくん、どうしましたー？　元気ないですねー。飴《あめ》ちゃん食べますー？」

「いや、大丈夫だ」

「そうですか。おいしいのにー」

猫の絵が描かれた飴を口の中で転がす。

「……あの女、やけにぽやぽやしておりますけど、大丈夫ですの？　万が一、あの女が聖女の任に堪えられなければ世界の危機ですわよ」

マリシーヌがハンカチで口を隠し、ナインの耳元で囁《ささや》いた。

「決戦を前に精神が不安定になる奴《やつ》はよくいる」

自身の死を目の前にして感情をフラットで維持できる人間は少ない。

日頃は気のいい人間でも塞ぎ込んだり、怒りっぽくなったりするのはよくあることだ。

アイシアのはいわゆる躁状態《そうじょうたい》や空元気と言われる状態に近いとは思うが、それにしては随分と弛緩《しかん》していた。

もしかしたら、彼女は自身に感情を制御する魔法をかけているのかもしれない。

本来は精神に干渉してくるモンスターに対抗するための技術だが、気の弱い戦士の中には人間同士の戦争で正気を保つために使う者もいた。

「聖女様は神と人々へ誓いを口にし、戦う決心をなされました。されば、我らはそれを信じるべきでございまする」

ヘレンが祈りの印を切る。

「まあ、今の俺たちにできることもないしな。そもそも他人《ひと》のことを心配している余裕もないだろ？」

「それはそうですわね。北の闘技大会で少なくとも一人は優勝しないと、パーティメンバー不足のペナルティは補えませんわ」

「もはや博打《ばくち》だな。もちろん負けるつもりはないけど」

「荒事は不得手でございまするが、全力を尽くしまする。神は乗り越えられぬ試練は与えぬとも申します故」

どこか不完全燃焼の空気を抱えたまま、車輪は回り続ける。

＊　＊　＊

夕刻になり馬車は街道の脇で歩みを止めた。

周囲は開けた野原となっており、奥には森が見える。

アイシアに監督を受けることになっているナインたちであったが、あくまで実習中である以上は全てがおんぶにだっこという訳にはいかない。

野営はもちろん、食事の準備といった身の回りのことは全て自分たちでやらなくてはいけない。

まあ、ナインだけならテントなしの野宿も余裕なのだが、マリシーヌとヘレンがいる以上は彼女たちに合わせなくては先に進まない。

ちなみにアイシアの食事はドライフルーツなどの携帯食料だけで済ませるらしい。

ヘレン曰く、これから徐々に断食《だんじき》を進め、魔王と戦う際に魔力が最大になるように調整している所だそうだ。

「やっぱり近場の薪は軒並み拾われちまってるな」

ナインは周囲を見渡して言う。

火を熾《お》こすのに必要な落ち葉や乾燥した薪が、まるで巨人が箒《ほうき》で掃き掃除でもしたかのように綺麗《きれい》さっぱりなくなっている。

「露払いの軍隊が先行しておりますものね。彼らが使ったのですわね」

マリシーヌはそこかしこにある焚火《たきび》の跡を見遣《みや》って言う。

聖女の魔王討伐に万全を期すため、先遣隊があらかじめ脅威を排除しているのだ。

本来ならアイシアの周りも護衛だらけになってもおかしくないが、それは彼女自身が落ち着かないからと固辞したらしい。

それでもナインたちにだけは同道を許したのは教師としての責任感からか。

「しゃあねえな。ちょっと森までひとっ走りして薪を集めてくる。肉でも確保できりゃ上等だが、この感じじゃ望みは薄いな」

ナインは馬車旅で強張《こわば》った身体《からだ》を柔軟でほぐしながら言う。

「そちらは任せましたわ。テントの設営はこちらでやっておきます」

マリシーヌは頷《うなず》いて、馬車からテントの骨組みを引っ張り出す。

お嬢様育ちではあるが、田舎育ちでもある彼女は意外とアウトドアにも慣れているようだ。

「では、愚僧は料理の下ごしらえを」

ヘレンが芋の皮にナイフを滑らせながら言う。

「じゃ、また後でな」

ナインはマラソン感覚で足を動かす。

やがて森の入り口についたが、まだ利用できそうな木材は見当たらない。

食べられそうなキノコや野草も軒並み採りつくされている。

さらに進むがせいぜい小枝が拾えるくらいで、まだまともな薪がない。

晩飯になりそうな動物やモンスターの気配も鳴りを潜めている。

（軍隊の奴らが訓練がてら巻き狩りでもしたか？）

どうやら先遣隊はかなりの大軍なようだ。

まあ、世界の命運がかかっているのだから当たり前といえば当たり前なのだが。

さらに奥まで進み、野茨《のいばら》が繁茂する辺りまでくるとようやく使えそうな薪が拾えるようになった。

おそらく先遣隊の薪拾いは茨に傷つけられるのを嫌がり、この辺りで引き返したのだろう。

だが、ナインの皮膚はチャチな棘《とげ》で傷つくほど柔ではないのでそのまま踏み越えていく。

やがて三人分の薪を集め終えた頃、崖に突き当たった。

その岸壁の中でも特に茨が濃く群生する一角にふと目が留まる。

（ゴブリンの巣――にしては大きいか）

直径が三メートル程ある洞穴だ。

穴を茨が覆い塞いでいることから、大きな魔物や野盗が出入りしているとは考えにくい。

ともあれ、こういった洞穴にはキノコがよく生えるし、小動物のねぐらになっていることもある。

ナインは手刀を一閃《いっせん》し、入り口の茨を排除する。

（おかずが一品増えればいいが）

洞穴の入り口の壁をノックする。

しっかり詰まった音が返ってきた。

崩落の心配はなさそうだ。

ナインはその場に薪を置いて中へと踏み込んだ。

暗闇に目を慣らす時間をとりつつ、奥へ奥へと進んでいく。

やがて外の光が届かないところまでやってきた。

かなり暗いが、ヒカリゴケが所々に生えているので全くの闇という訳ではない。

いくつかの部屋を回るが不思議とモンスターには遭遇しない。

やがて周囲が土壁から石壁に変わった。

人為的な構造物ということは遺跡かダンジョン。しかし、モンスターの少なさから考えると前者か。

結局、一通り探索してみての収穫は蝙蝠《こうもり》が数匹とひょろ長い白いキノコが何本か。

ナイン的には立派な食糧だが、マリシーヌとヘレンがこれを食べるかは怪しい。

そろそろ引き返すか――と思ったその時、うなじにかすかな風を感じた。

（隠し部屋か？）

ナインは金銭への執着が薄い方ではあるが、マリシーヌのせいでパーティ資金が枯渇《こかつ》気味であるのが気になる。ここらで軍資金を確保できれば、パーティにとってプラスになるだろう。

小石を投げて反響を探り、さらに疑わしい場所を足でタップして特定を進めていく。

(ここか)

ナインは腰の革袋から血を一口煽《あお》ると、天井ギリギリまで跳躍して床に踵《かかと》落としを決める。

バラバラバラと音を立てて崩落する床。

ナインは自由落下に逆らわず、着地の瞬間に受け身を取り横に転がる。

跳ね起きて砕いた石の破片を手にして周囲を見渡す。

(ハズレかよ)

肩を落とす。

その空間には何もなかった。

ただ上にいた時と同じ石壁のがらんどうが広がっている。

(帰るか)

ナインはさっさと見切りをつけ、壁に足場用の切れ込みを入れる。

「感じる……。感じるぞ。聖女の気配が近い。時が来たか」

後ろから響く声に反射的に振り向く。

床の一部が赤黒く光っている。

先ほどまでは暗くてよくわからなかったが、床には複雑な紋様——召喚陣が描かれていたらしい。

すでに直径五メートルはあろうかという巨大な禿頭《はげあたま》が床からチラ見えしている。

（ダンジョントラップ？　いや、遺跡なら古代の魔法使いかなにかの実験場だったのか、魔族の儀式場の線もあるか）

即座に革袋の血を一気飲みする。

なんにせよ、召喚陣から出てくるモノはろくでもないと相場が決まっている。

余計なことをさせる前に、先手必勝でぶっ殺す。

助走をつけて拳を繰り出す。

（なんだこの感触。防御魔法じゃない、身体強化された皮膚でもない）

ツルツルの後頭部に連打を食らわすが効いている様子がまるでない。

防御魔法のような空を打つ感覚でもなく、硬い物を殴った時のような反動があるでもなく、当たっているのにズラされている不思議な感覚。

歴戦のナインをしても初めての体験だった。

「うぬ……。違う。聖女ではない。ヒト。しかし、かすかに聖女の匂いがする。何者だ」

ナインはハゲの言葉を無視して攻撃方法を変えた。

石片で切り付けてみたり、破いた服を紐《ひも》代わりにして絞め技を繰り出してみたりするが、状況は変わらない。

「愚かな。アーにヒトの武技が通じると思うのか。――余の傀儡《かいらい》となれヒトよ」

地上に露出した目が赤く眩《まばゆ》い閃光《せんこう》を放つ。

「ああ、精神操作か。俺には効かないぞ」

上級の魔族にありがちな攻撃で、実際、強者《つわもの》ほど強力な魔力を持っているので干渉を受けやすいのだが、ナインには関係ない話だ。

なぜなら、ナインは無魔力保持者であるため、干渉するとっかかりすらないからである。

ナインには魔臓がない。だから、魔法が使えない。ただ、飲み込んだ魔力が身体の外に抜けていく本当に僅かな間だけ、強くなれるだけの欠陥品。

それが、『ナシのナイン』。

何もない、ギリギリ一桁代を維持できる程度の『弱者』。

「な、なんだと。お前、魔力を持たない、ヒト……。あり得ぬ！　なぜ生きている。なぜ聖女でもない壊れ者がなぜアーの前に立ちはだかる」

「なぁぜなぁぜ言われても理由なんてねーよハゲ！　たまたま出会って、敵だから殺すだけだ」

目を潰そうとしたら謎の光線を出してきた。

にゅるにゅると首が出てきて、ついにその相貌が明らかになる。

尖《とが》った耳元まで吊《つ》り上がった唇はデーモン種に近い。

目からビームを出してくるところはガーゴイルっぽいし、鼻から毒ガスをまき散らすところはナーガっぽいし、口に生えてる牙は竜種っぽいが、とにかくごちゃまぜ過ぎてよくわからん雑種である。

（にしても、さっきからやけに聖女にこだわるな）

魔族に光属性が特効を示すのは有名な話である。

その頂点が聖女であることは子供でも知っている。

（試してみるか）

ナインは下着に縫い付けてあった小袋を引きちぎり、口に放り込む。

口の端から艶《あで》やかな銀髪がはみ出した。

（髪に味なんてしないはずなんだけど、不思議と美味《うま》いんだよなあ）

もぐもぐと咀嚼《そしゃく》して唾で胃に流し込む。

アイシアの分泌物が最高クラスの魔力を有していることは、入学試験の決闘をした時点で把握していた。

髪の毛一本で血の入った革袋千個でも及ばないほどの魔力を有するそれは、ナインにとっては是非とも常備しておきたい一品だった。

もちろん、アイシアに直接言ってもくれるはずがないので、授業終わりの教卓や補習の時に細々と集めておいた抜け毛だ。

髪の毛は汗や唾と違って蒸発もしないし腐らず、保存性も高いので便利である。

「魔薬か。弱きヒトよ。好きなだけ頼るがいい……。技術に依《よ》れば依るほど、ヒトは萎えてゆくのだ」

（違うんだよなあ……）

みんな魔法を当たり前に使えるから、ちょっと曲芸じみたことをすると身体強化の魔法を使っていると勘違いする。

だが、人間の身体ってやつは、ちゃんと育ててやれば魔法なしでも案外やれるものだ。

もちろん、わざわざそんなナインの事情をこいつに教えてやる義理もないのだが。

「じゃ、遠慮なく好きにやらせてもらうわ」

ナインはハゲの顎にアッパーカットを決めた。

拳の奥に脳の弾力を捉える。

通った！

「んがっ！　ぐぬう。なん……だと、なぜ、壊れ者が聖女の力を使える。まさか、聖女の能力を吸ったか。いや、只人《ただびと》の身が聖女の力に耐え得るはずがない。よしんば聖女の力を吸えたとて、聖女以外は聖女ではない」

「んー？　当たり前体操ー」

適当に答える。

第三者から得た魔力を利用して戦うという意味では、ナインとドレイン系の能力者は似ている。

だがドレイン系の能力者は吸収した魔力を魔臓が勝手に術者に合う属性に変換してしまうので、被吸収者の魔力の属性をそのまま用いることはできない。

でも、ナインは魔臓を持たず、魔力を消化できないが故に、摂取した魔力をそのまま用いることができる。そしてさらに、普通のドレイン能力者なら魔臓が壊れてしまうほどの聖女の膨大な魔力すら、一時的に利用できるのだ。

もちろん、ドレイン能力者は吸った魔力を溜《た》めておけるので、使い捨てにしなくてはいけないナインとは違ったメリットがあるのだが。

「奇怪なるヒトよ……。アーは認めよう。お前はただの弱者ではないと。だが、アーの不死身の肉体は――」

「ああ、魔族にありがちな脳と心臓がいくつもあるやつだろ？　同時破壊しないと殺せないやつ。あれずるいよな。俺も欲しいよ」

ナインはハゲの鼻の孔《あな》に両手を突っ込んで、無理矢理召喚陣から引っ張り出す。

「な、なにをする。やめろ、アーの循環を乱せば世界の理《ことわり》が乱れる」

「やめろと言われてやめる奴《やつ》はいなくね？」

ズルズルとその巨体を床に引きずる。

その肉体は相変わらず羽が生えてたり鱗《うろこ》が生えてたりおっぱいが三つあったり股間だけは剛毛だったりと種族が特定不能であったが、とにかく頭の大きさからは不釣合いなほどに身体《からだ》が痩せていた。

まるで毛を狩られた羊のようだ。

召喚が不完全な状況でナインが無理矢理この世に顕現させたためだろう。

幼児向けの人形を巨大化させたみたいでちょっとおもしろい。

「ぐぬう。敢《あ》えて北の依《よ》り代《しろ》に魔力を寄せて欺瞞《ぎまん》し、奇襲をかけるアーの計画が裏目に出るとは……」

　ハゲは身体をばたつかせて抵抗してくるが、今のナインの敵ではなかった。

　全てかわして身体に手を当てて脈動を測る。それからこれまでの魔族との戦闘の経験則と照らし合わせて脳みその位置を推測する。

「えっと、大体、こういう魔族は頭の他に臍《へそ》の上あたりにも脳があるんだよな。これだけでかいと心臓の反対側にもあるだろどうせ」

　また顎を殴り脳を揺さぶる。動脈に瓦礫《がれき》の破片を打ち込み、血流を止めた上で右胸に掌底を叩《たた》き込み麻痺《まひ》状態にさせる。臍の脳は手刀で貫き、上二つのダメージが生きている間に頭突きと蹴りで破壊した。

「お前、一体、どれだけの同胞を屠《ほふ》ってきた……」

「いちいちそんなの覚えてねえよ」

　人間も魔族も息を吐くように殺してきた。

　呼吸の回数を覚えている人間はいない。

「ぐぬう。よもや、アーがこのような最期《さいご》になろうとは。ヒトよ……お前の勝ちだ。しかし、アーは嗤《わら》う。聖女ならずしてお前のような修羅を生み出すヒトの業。アーが手を下さずとも、ヒトは必ず自らの欲にまみれた手で滅びるだろう」

「ペラペラうるさいな。まだ動いてんのか。はよ死ね」

五つあった心臓を噛《か》み千切り、握り潰し、蹴り砕く。

ハゲの牙を抜き、首と胴体を切り離し、上半身と下半身を切り離し、さらに刺しまくる。

そこまでしてようやくハゲは動きを止めた。

「無念。無―念」

咳《せき》のような呟《つぶや》きを残してついにハゲが息絶える。

口からどす黒い煙が立ち上る。

（勝った）

とにかく、運がよかった。

蟹《かに》も蛇もモンスターも、脱皮したてが一番脆《もろ》い。

ゴロッ。

「――えっ！　嘘《うそ》！　これ魔石か？　マジで!?　うおおおっ！」

直後、ハゲの口から転げ落ちてきた岩にナインは思わず声をあげた。

死ぬ瞬間、魔力を持つ生物は全て魂と内在魔力が結合した物質――魔石を算出する。

魔石は、大抵は大きくても手のひらサイズの物しか残らないのだが、今回のは漬物石くらいあった。

両手で抱えても余りある大きさである。

どうやらこいつはかなりの強い魂と魔力純度を誇っていたらしい。

ナインでも初めて見るほどの大物で、出すところに出せばかなりの値が付くことは想像に難《かた》くない。

(もしかして、こいつかなりのレア魔族?)

考えてみれば、このハゲ、一度はナインの渾身《こんしん》の攻撃を無効化してみせたのだ。

もしかしたらそれなりに名のある魔族で、完全顕現していればもっと強かったのかもしれない。

強者の獲物なら、全部余すところなく利用してやるのが礼儀というもの。

牙を抜き、爪と皮を剝ぐ。

本当は肉も持っていきたいが、なにせでかいので、他の素材を運ぶだけでいっぱいいっぱいだ。名残惜しく感じながらも、革袋に入る分だけ血を採取するにとどめる。

それから、洞穴を何往復かして素材を外に運び出す。

薪と野茨の蔓《つる》で即席の背負子《しょいこ》を作り、そこに魔石と素材を載せてキャンプへと駆け戻る。

「おーい!　おーい!」

珍しく興奮を覚えたナインはマリシーヌたちに手を振る。

「随分遅かったですわね。待ちくたびれて――って、なんですの騒々しい」

マリシーヌが怪訝《けげん》そうに顔をしかめる。

「すげえもん獲《と》ったんだよ！　見てくれよ！」

ナインは背負子を降ろして、マリシーヌたちに見せびらかす。

金目のものを見つけたからというよりは、すごくでかいカブトムシを捕まえたのを自慢したい感覚に近い。

「……。……。……。まさか」

「――もしや、いや、そんなはずがございませぬ」

二人はそう言ったきり口を噤《つぐ》み、互いの顔を見合わせる。

予想した反応と違う。

そりゃ驚かせようとはしたが、せっかくお宝を拾ってきたんだからもうちょっと喜んでくれてみせてもいいだろう。

「それをどこで入手しましたの？」

マリシーヌが低く震える声で言った。

「いや、それが聞いてくれよ。薪が全然ないから森の奥まで行ったら崖のとこに洞穴があってさ。中に入って　いきなり召喚術式が発動したんだよ。いわゆる、モンスタールーム系のトラップの亜種だと思うんだけど。とにかく、そこから変なハゲた魔族が出てきたからぶっ殺したら、これをドロップしたんだよ。すごくね？　俺が今まで見た魔石の中でも圧倒的に一番でかいぞ」

ナインは魔石をダンベル代わりに上げ下げする。

「お、降ろして、降ろしなさい！」

マリシーヌが人質を取った強盗をなだめるような口調で言う。

「なんだよ。大げさだな。確かにでかいけど、結局ただの魔石だぞ？」

ナインはハゲの皮の上に魔石を放る。

「ちょっ！　もっと大切に！　ナイン！　よく聞きなさい。じ、実はワタクシ、一度だけそれと同じ物を見たことがありますわ」

「へー、じゃあ値段とかもわかるか？　これ売れば旅費くらいは賄えるよな？」

「本物なら、値段はつけられませんわ。ワタクシがそれを見たのは王宮の宝物庫にある国宝で、歴代の聖女の献身と偉業の証《あかし》として飾ってあったものですから」

マリシーヌがごくりと喉を鳴らす。

「愚僧も聖地巡礼の折、大聖堂にて拝観したことがございまする。信仰を極めた聖女が魔王を調伏した証と大僧正《だいそうじょう》が申しておりました。――おみそれ致しました」

ヘレンが五体投地してナインを拝み始める。

「いやいやいや、お前ら俺をからかってんだろ？　魔王があんなに弱い訳ないじゃん。それに名前も違ったぞ。その魔族、なんかアーとかどうとか、赤ん坊の戯言《たわごと》みたいな名乗りだったし」

「……魔王は人側から見た呼称にて。そして、アーは魔族語にて一を示す単語にございまする。つまり、魔族の筆頭たるアルファ、すなわち魔王ということになりますするかと」

「え、いや違うだろ。俺、一応、軽く魔族語喋《しゃべ》れるけど、あいつらは魔王のこと『至尊』とか『暗き見えざる御君』とか呼ぶぞ」

「それは他人称かつ尊称にて、アーは魔王の一人称にございますすれば」

ヘレンが冷静に答える。

「他に何か証拠はございませんの？」

「一応、皮を剝いできたけど」

ナインは魔石の下から皮を引き抜いて、芝生の上に広げる。

「……見たことのない紋章ですわね。ワタクシの家は魔族との小競《こぜ》り合いもある領地ですから、北方で活動している魔族の紋章なら全て覚えているはずなのですけれど」

「魔王の紋章に相違ございませぬ。四代、十三代、二十八代の聖女が討伐した魔王に類似した紋章が見られまする。特にこの死兆星を象《かたど》った七つ黒星は魔王にしか許されぬ意匠にて。どうかご信用くだされ。浅学の身なれど、愚僧は紋章学の学試も神試も一問たりとも落としたことはございませせぬ」

ヘレンが額のくっつきそうな距離で皮を観察しながら早口で語る。

「え、ええ？　じゃあ、マジのマジで俺がぶっ殺したのって魔王なのか？　ならよかったじゃん！　これで先生も死ななくて済むな！　さっさと教えてやろうぜ」

ナインはアイシアの休む馬車へと足を向ける。

「ちょ、ちょっとお待ちなさい！」

ナインは腕を引かれ――そうになったのでステップでかわす。

「なんだよ。早い方がいいだろ？」

「そんな単純なものではありませんわよ。よくお考えなさい。あの女は生まれてこの方、聖女としての役目を果たすためだけに生きてきたんですわよ。それこそ、故国を捨てて売国奴と呼ばれることも厭《いと》わずに。だから、あの女に『倒すべき魔王がもういない』と伝えるのは、あの女の人生そのものと言っていい、アイデンティティーをいきなり奪うことになりかねませんわ。ワタクシはあの女のことが嫌いですけれど、それでも公の義務を重んずる貴族ですから、気持ちがわかりますの」

「だからいちいち大げさだって。別に一つの目標がなくなっても、また新しい目標を見つければいいだろう。先生は教師をやりたいって言ってたし、普通に教師に戻るって」

ナインも物心ついた頃から戦争しか知らない生活をしていたが、今はこうして学生をしている。きっとアイシアだってやりたいことを自分で見つけ出すだろう。

「その憶測に責任を持てまして？　今、あの女は情緒が不安定な状態ですのよ？　そんな彼女にこんなショッキングなニュースを伝えたら、最悪の事態を招きかねませんわ」

マリシーヌが腕組みして厳しい視線を向けてくる。

「……確かに信仰の根幹が崩れるのは、善人であればあるほど辛《つら》いものかもしれませぬ」

ヘレンが首肯する。

（俺の方が間違ってるのか？　これも先生が言っていた『曖昧』ってやつなのかな）

ナインもさすがにこれだけボッチな学生生活を続けていれば、自分がいわゆる普通の学生とは違う世界観を抱いて生きているのだということは理解している。

別にそのことに気後れを感じはしないが、少なくともナインよりは普通寄りの二人の言葉を聞き入れる方がアイシアのためになるのかもしれない。

「じゃあどうすんだよ。今黙っていても、このまま進軍して魔王の出現予測地点に着けばどうせバレることじゃん。結局、その場しのぎにしかならねえだろ？」

「それもまた真理でございまするな。はてさてどうしたものか」

「先送りが物事を解決することもありますのよ！　まだ魔王の出現予測地点に着くまでには時間がありますわ。それまでにひとまずはワタクシたちがあの女にそれとなく聖女以外の生き方を示唆して視野を広げ、真実を告げる下地作りをすべきです！」

マリシーヌがそう強弁する。

「そこまで言うならとりあえずマリシーヌの案でいってみるか。でも、魔石と魔王の皮はどこに隠す？　魔王討伐の証拠を捨てていくっていう訳にもいかないだろ」

「然《しか》らば、それらは愚僧の闇魔法で別空間に格納できまするが」

「収納魔法か。やるじゃん」

ナインは感心する。

物質収納は高度な魔法である。

ヘレンはよく短期間で習得したものだ。

「決まりですわね！　早速明日から作戦を始めますわよ！　エイエイオー！」

そう言って広げた手のひらを突き出してくる。

「なにやってんだお前。掌底ならもうちょっと角度をつけないとダメージが通らないぞ」

「感情線が短うございまするな」

「はあ！　もう！　しまらない方々ですわね！」

マリシーヌが頰を膨らませて、テントへと潜り込んだ。

＊　　＊　　＊

そしてあくる日。

小雨《こさめ》が幌《ほろ》を打つ中、馬車は今日も順調に街道を走っている。

「それにしても、あなたもみじめなものですわね」

マリシーヌがツンと鼻をそらし、小馬鹿にした声でアイシアに話しかける。

「はいー？」

アイシアは客車の前方で馬たちの鬣《たてがみ》についた水滴をハンカチで拭ってやりながら、気のない返事をする。

「だって、あなたがもし王女のままだったら、今頃華やかなパーティで贅沢三昧《ぜいたくざんまい》だった訳でしょう。まさに王宮の至宝として紳士淑女に傅《かしず》かれ、この世の春を謳歌《おうか》していたはず。それが今はそんな華やかさの欠片《かけら》もない白いローブ一枚で、魔王相手に特攻させられているなんて、さぞみじめでしょうね。できることならあの時代に戻りたいでしょう？」

マリシーヌが憐《あわ》れむように目を細める。

「うーん、私は騒がしい場所はあまり好きじゃないので、特に王女時代のことを惜しくは思いませんかねー。ドレスって、見た目重視で着心地が悪いですし。このローブの方が好きです」

アイシアはハンカチを絞りながら言う。

「またまた、かまととぶるのはおやめなさいな！　お洒落《しゃれ》したくない年頃の娘がいるはずありませんわ。しかも、ワタクシたちは大戦中も王の贅沢《ぜいたく》禁止令の一環で、華やかなパーティを制限されていたではありませんの。貴族令嬢はみんないい迷惑でしたわ。ワタクシのデビュタントも母に比べればそれはもうみすぼらしいものでした。ですから、絶対鬱憤が溜《た》まっているはずです」

マリシーヌが肩をすくめる。

「ああ、それですかー。実はあの贅沢禁止令、私が父――王に提案したんですよ。民が苦しんでいる時に貴族が贅沢するなんてどうしても納得できなくて。でも、貴族は社交が仕事ですから、政略結婚の顔つなぎをしたい他の貴族に恨まれるのはわかっていたので、父が私を守るために自分で言い出したことにしてくれたんです」

「……そうでしたのね」

マリシーヌがしゅんと肩を落とす。

「その際はマリシーヌさんにご迷惑おかけしてごめんなさい。大戦が終結して王政は廃止されましたけど、今でも北部では絢爛《けんらん》なパーティはしにくい雰囲気が残ってますもんね」

アイシアが申し訳なさそうに言う。

「え、ええ、まあ、けど、最近は元貴族の懐《ふところ》事情も厳しいですから、地味宴《じみえん》というか、気心が知れた仲間だけで愉《たの》しむのが流行しておりますからさして不都合もありませんけれど」

マリシーヌの声が尻すぼみになっていく。

「気を遣ってくださらなくても大丈夫ですよ。でも、安心してください！　私が魔王を討伐すれば本当の意味で平和になって、自粛ムードも解けると思います。だから、マリシーヌさんのためにも私、頑張って魔王と戦いますね！」

アイシアは振り返って笑顔でそう宣言する。

「き、期待しておりますわ。……」

マリシーヌは引きつった笑顔でそう答え、ヘレンを肘でつつく。

選手交代ということか。

「王女と申せば、愚僧はこんな双子の王女の伝説を聞いたことがございまする。ある国に世にも珍しい双子の王女が同時に聖女に選ばれる奇跡があったそうな。二人はまさに一心同体で能力も等しく、いざ魔王討伐の戦いに臨まんとするに及び、どちらか一人をくじで選ぶこととなり申した。何の因果か選ばれたのは妹。彼女は無事本懐を遂げられ、姉のみが生き残られた。半身とも言うべき妹を失った姉の心痛を皆が気遣う中、姉は気丈にこう言ってのけたそうでございまする。『妹は魔王討伐によって救われた民の歓喜を知ることなく世を去った、それに比べれば私はこれから救う民の笑顔をこの目にできるのだから幸福である』と。立派な聖女の在り方は一様ならざることを示す教訓にございまする」

ヘレンは教典を読むような平坦《へいたん》な抑揚で語る。

「それは隣の大陸の私の曽祖母の話ですねー。外遊の折、お話を聞く機会がありましたが、真相は違います。曽祖母は周りを心配させないためにヘレンさんがおっしゃったような発言をされたそうですが、本当は妹と一緒に逝《い》きたかったそうです。魔王討伐後、彼女は周りからは妹を犠牲にして生き残った卑怯《ひきょう》者の姉として蔑まれ、また一人では聖女としては不十分な能力しかなく、色々苦労されたとのこと」

アイシアが遠い目をして答える。

「なんと……。愚僧の浅い知識で知ったような口を聞いてしまい申し訳ございませぬ」

ヘレンが許しを乞うように頭を下げて合掌する。

「いえいえ。でも、そういう意味では、堂々と魔王に挑める私は幸運なのかもしれませんね！　後に残される者の方が辛いということもありますから」

アイシアもヘレンに合わせるように手を合わせた。

「……面目なし」

ヘレンがくぐもった声で呟《つぶや》き、こちらを見てくる。

どうやら次はナインの番らしい。

「今のヘレンの話だけどさ。結局、みんなの記憶に残るのは、魔王を倒した妹じゃなくて生き残った姉の方なんだよな。戦場で昔、捨て身の自爆で大将首をあげた男がいたんだけどさ。みんなが戦いの後に酒《さけ》の肴《さかな》にしたのはそいつじゃなくて、その横で爆発の音に驚いてクソと小便を漏らして生き残ったケインって奴《やつ》の笑い話だったよ。死んだ英雄の方の名前はもう誰も覚えちゃいない」

ナインは記憶を掘り起こす。

金も誇りも一晩の名誉すら、あの世には持っていけない。

アイシアは自己犠牲とやらのアホ臭さにさっさと気が付くべきだ。

「ふふ、ナインくん、私を慰めてくれてるんですか？　ありがとうございます」

しかし、アイシアは嬉《うれ》しそうに笑う。

それはナインの期待していたのとは真逆の反応だった。

「なんでそうなる」

「だって、私がいなくなっても、皆さんがすぐ忘れてくれる方が、気が楽じゃないですか。正直、申し訳なく思っているんです。もしたまたま私の生徒になったばっかりに、聖女の死がトラウマになる子がいたらどうしようかって。でも、うん。そうですよね。聖女だってこれまでもこれからもたくさんいるんですから、自意識過剰ですよね！」

アイシアが真顔で頷《うなず》く。

自分が今日明日にも死のうという時に、本気で他人の心配をしているというのか。

こんなアイシアだから聖女に選ばれたのか、聖女に選ばれたから彼女自身の中にある善性をより意識するようになったのか。

ナインたちはそれ以上、アイシアに何も言えなくなった。

「……なあ、なんか俺たち、逆に先生を決戦に煽《あお》った感じになってね？」

ナインはヘレンとマリシーヌに小声で尋ねた。

「致し方ございませぬ。そもそも愚僧どもに決死の覚悟を決めた聖女様を翻意させるほどの話術がございますれば、パーティメンバーなどとうの昔に集まっておりまする故」

ヘレンが悟りきった表情で首を横に振る。

「くっ。それを言ったらおしまいじゃないですの！　全くままなりませんわね！」

「もうそれとなく先生を説得するなんて無理そうだし、さっさとバラそうぜ」

「お待ちなさい！　まだ諦めるには早いですわ！　――ワタクシに一つ考えがあります」

マリシーヌは爪を噛《か》んで、小声でナインとヘレンに顔を寄せてきた。

＊　　＊　　＊

北の中心都市、ファリスは色味の少ない無骨な城塞都市だ。

石造りの城壁が幾重にも張り巡らされ、南のそれのように綻びもない。

そこに暮らす住民もまた、尚武の気風が残っていた。

そんなファリスの闘技場に、今ナインは立っている。

「それでは、第１０２回ファリス闘技大会、男性個人総合部門、栄えある優勝者を表彰致します――ルガード戦学院のナイン選手！」

ピエロの格好をした司会が声を張り上げる。

「……」

ナインは立ち上がり一礼する。

「ナイン選手は下馬評を覆《くつがえ》し並み居る剣豪や魔法使いを徒手空拳で倒すというトリックプレーを魅せてくれました。おめでとうございます！　皆さま、ナイン選手に惜しみない拍手を」

司会は真面目な台詞《せりふ》をおどけたように言って、逆立ちして足で拍手をする。

「よくやりましたわ！　さすがはワタクシのパーティメンバーですわね！」

「お見事でございまする」

拍手と歓声に聞きなれた声が混じる。

すでにマリシーヌは女性総合部門で準優勝、ヘレンも魔法限定部門で四位入賞の好成績を収めている。パーティでの総合成績は他の生徒たちとの兼ね合いもあるので確たることは言えない。それでも、人数不足のペナルティを加味しても落第を回避できるのは確実な状況である。

「優勝者のナイン選手には、聖女様より直接表彰を賜る栄誉が与えられます！」

司会がコロシアムの一際《ひときわ》高い所にある観覧席――貴賓席に向けて顔が足首にくっつくほどの深い一礼をする。それから手でナインに貴賓席へと続く階段を上るように促した。

「……」

ナインは無言で階段の前まで進み、再びお辞儀をする。

それから一段一段階段を上る。

「それでは皆様、改めまして、ナイン選手に今一度盛大な拍手を」

階段を上りきると、先ほどにもまして盛大な拍手が会場を包み込んだ。

その差分はナインに対してというよりは、アイシアに対するものなのは明らかだった。

「ナインくん、おめでとうございます。これで落第はなさそうですし、私も心残りがなくなりました。これからも学生生活を楽しんでくださいね」

アイシアが微笑《ほほえ》みながら差し出してくる表彰状を両手で受け取る。

次いで彼女が金メダルの紐《ひも》に手を触れた、その瞬間。

「しね」

その心臓めがけて右ストレートを放つ。

「っつ！　ナインくん⁉」

アイシアが反射的に後ろに跳んで構える。

ナインの不意打ちの一撃は彼女の防御魔法に容易《たやす》く阻《はば》まれた。

「聖女よ。アーは待ちくたびれたぞ」

洞穴で遭遇した魔王の口調を真似《まね》て喋《しゃべ》る。

もちろんその間も攻撃の手は緩めない。

（流動体の水で衝撃を分散、さらに真空で火撃も氷撃も絶ち、そこから更に錬成した使い捨てのミスリルの多層鎧《よろい》で守り。その先には光の防護魔法？　何重構造だ。さすがだな）

ナインは感心する。

もちろん本気で殺すつもりはないが、かといって手を抜いた攻撃でもない。

今のナインは最強だと、アイシアに信じ込ませなくてはならないから。

「魔王――まさか、ナインくんに洗脳魔法を！」

アイシアは唇を引き結ぶ。

「さあ、ヒトたちよ。命もかけぬ児戯で満足か？　アーが真実の闘争を教えてやろう」

ナインの身体《からだ》を漆黒の闇が包み込む。

足元の水たまりのような暗闇から、ツルツルの着ぐるみを取り出して被《かぶ》る。

それはこの前倒した魔王の皮だ。

もちろんサイズはナイン用に仕立て直してある。

マリシーヌ曰《いわ》く、『裁縫は淑女の嗜《たしな》み』らしく、ヘレンも貧乏暮らしで繕い物になれているのか、その手のことは得意だった。

「警備の皆さん、観客の避難誘導を！　ここにいると精神汚染の危険性があります！」

アイシアは風の拡声魔法で会場を守る衛兵たちに命令する。

「かしこまりました！　聖女様！　ご武運を！」

「くっ、魔王め！　奇襲とは卑怯な！」

衛兵たちが一斉に動き出す。

「うあああああああああ！」

「助けてくれえええええええええ！」

「死にたくないいいいいいいいい！」

パニック状態になった群衆が出入り口に殺到し始める。

「焦《あせ》るな！」

「ドミノ倒しになるぞ！」

それを騎士がスクラムを組んで押し戻し、強引に列を形成し始めた。

アイシアと観客を騙《だま》せるか心配だったが、どうやらちゃんとナインが魔王だと信じ込んでいるようだ。

ヘレンが魔王の監修をガチったおかげだろう。

まあ、そもそも文献では知っていても、この場に生の魔王を見たことのある人間などナイン以外はいないのだから当然といえば当然かもしれない。

「さあ、皆さん！　早くお逃げになって！　魔王は心を操りますわ！」

マリシーヌが人流に逆行しながら叫ぶ。

「君は逃げないのか!?」

「ナインはワタクシの大切な仲間ですもの！　置いていけるはずありませんわ！」

マリシーヌが決然とした顔で言う。

「なんと友達想《おも》いな……」

「さすがは気鋭のルガード戦学院の学生だ」

観客が感動の面持ちで避難の列に加わる。

彼女の本当の性格を知っているナインは思わず噴き出しそうになったが、初対面の観客たちには別に違和感のない発言だろう。

「ぬう。魔王め！　愚僧も加勢致しまする。同胞を見捨てたとあっては信仰者の名折れ！」

ヘレンもその場に留《とど》まる。

一見もっともらしい発言だが、本気のヘレンが神敵である魔王に遭遇したならばもっと大興奮して手が付けられないテンションになっていただろう。彼女は嘘《うそ》をつくのが苦手なのか、若干テンションが低めだ。

「小賢《こざか》しい！」

ナインはマリシーヌとヘレンに向けて石を投擲《とうてき》する。

礫弾は壁ごと二人を貫通する——風の攻撃だ。

「きゃあ！」

「くっ」

二人が吹き飛ばされたフリをして客席に倒れ込む。

「ヘレンさん！　マリシーヌさん！　——魔王！　この身に代えてあなたを倒します」

アイシアは飛行魔法を発動し、出入り口と反対側に陣取る。

観客を傷つけない立ち位置という訳だ。

「やってみろ聖女。アーは強いぞ」

両手を広げる。

瞬間、黒い後光が差す。

ナインはうなじを炙《あぶ》る熱でそれを感じていた。

後光の正体はマリシーヌ産の炎。それにヘレンが闇魔法で演出を加えている。

（本当にこれでいいんだよな？）

マリシーヌがアイシアの心を慮《おもんぱか》って出した結論。それは、『アイシア自身に魔王を倒させる』というものだった。

アイシアにとって、『他人がノリで魔王を倒しちゃった』という荒唐無稽な現実よりは、『聖女の自分が魔王討伐の役目を果たして奇跡的に生き残った』という嘘の方がずっと感情的に受け入れやすいだろうという判断である。

『アイシアとそこそこいい感じで戦ってから負ける』

それが今のナインに与えられた役目だ。

（ひどい茶番だが……まあいいか。一度先生とはちゃんと戦ってみたかったんだよな）

ナインはまだアイシアの本気を見たことがない。

もちろん、南の森では何度か彼女の魔法を見たし、魔法の授業でもいつも実演はしている。

だが、そんなものが彼女の実力の一割も反映していないことは明らかだった。

聖女という人類が希求する救世の力の頂に、どこまで自分の力は通用するだろうか。

「ずっとあなたを倒すことを考えてきました。私の想い。人類の願い。受けなさい！『人の罪は全て罪にあらず。罪を罪と知る清さがあるが故に。降り積もる無力なる祈り。されど大河は一滴より成る。我は人の大河なり！』」

巨大な光の奔流がナインを包み込む。

「どうした。その程度か」

欠伸《あくび》して肩をコキコキと鳴らす。

「光属性が効かない⁉　凝縮した聖魔法が……」

アイシアが大きく目を見開いた。

（まあ、そりゃ人間だし）

ナインは比喩的に化け物とか悪魔とか言われたりするが、本物ではないのだ。

「いつまでもこれまでが続くと思い込む。それがヒトの愚かさよ」

ナインは適当に言って、不敵に笑う。

「……ナインくんの力を利用しましたか。彼はマジックキャンセラーだったんですね。しかも、ドレイン能力を併せ持っている。それならナインくんのあの常識を外れた強さにも説明がつく。となると魔法で攻めるのは悪手ですか」

アイシアが苦々しげに呟《つぶや》く。

やはりアイシアもその他大勢と同じく勘違いをしているようだ。

ナインはそんな大層なものではない。

「だとしたらどうする？」

「なら物理でいきます。『二五四三三三九の五乗三結合結合結合。五六の裏五六六。虚数を集合。余事象を三三八に吸収』」

アイシアは聖女のローブを脱いだ。

たちまちその全身を覆う薄い金属の鎧。手にするのは長槍《ながやり》。

(ミスリル製? いや、さらに上のオリハルコンか)

錬成魔法であることは分かる。だが釘《くぎ》の一本を作るのがせいぜいのナインが知っているそれとは格が違う。もし全ての魔法使いにアイシアレベルの力があったなら、鉱員も鍛冶屋も商売あがったりだ。

「立派な装備だ。だがその細腕で使いこなせるのか」

ナインは横に跳んで、観覧席からロングソードを拾い上げる。

取る物も取り敢《あ》えず逃げた観客の誰かが落としていったと思われる一品。

見るからになまくらだがないよりはマシか。

「私はできませんよ。でも──『人は繋《つな》ぐ。血を。言葉を。想いを。私は誰かの過去。私は誰かの途中。私は誰かの未来』。この方ならできます」

アイシアの銀髪が虹色へと変ずる。

「憑依《ひょうい》魔法でございまするか! 虹髪の剣士といえば、七代聖女、戦乙女のヘネシー」

ナインの足元に転がっているヘレンが、口を押さえながらも興奮気味に呟いた。

「人間は歴史から学びます。それが刹那の蟲毒《ちゅうどく》を繰り返す魔族との違い。私が弱いなら過去の英霊の剣技に頼るまで」

踏み込んできた。

速い。

アイシアが鍛えているにしろ、女の筋力で出せるスピードではない。

残りの魔力を全て身体能力強化に全振りしたか。

「おもしろい」

ナインは本心からそう言って笑う。

（つまり、昔の最強の槍と戦えるってことだろ？）

革袋の中身を煽《あお》る。

魔王の血はこれまでに口にしたものの中で一番不味《まず》かった。

ウンコで煮たゲロをドブネズミの腹の中で腐らせたような味がする。

泥水や腐肉や小便なら余裕のナインもさすがにこれはきつい。

だが、その分効果は抜群だ。

アイシアの髪を食べた時のアッパー系の高揚感とは違い、暗く静かな暴力的なエネルギーが全身に満ちる。

「自らの血をナインくんのドレインで吸わせる。つまり、物理無効の魔王の権能ですか。

でも、この状態なら私の聖魔法も効きますね。最初に大きなのを使ってしまいましたが、槍に纏《まと》わせるくらいならまだ余裕ですよ」

「驕《おご》るな。光のある所に影もまたある」

ナインの中に闇の魔力が流れている間は聖属性の魔法が効く。

ということは逆にナインの攻撃もアイシアの聖属性のバリアを貫通するということだ。

つまり、ここからが本当の闘い。

二人は同時に前に跳ぶ。

光り輝く槍の数撃をかわし――きれずに打ち払う。

一瞬打ち合っただけでロングソードは壊れたが、肉迫する一瞬の隙すらあれば十分だ。

タックルで押し倒し寝技に持ち込む。

アイシアは抵抗しようとするが、慣れてない動きだ。

古《いにしえ》の聖騎士は一度付けたら誰かに手伝ってもらわないと脱げないほどの重い鎧《よろい》をつけていたという。つまり、寝技は想定していない。

（強い――が古いな）

戦場は常に進化している。

かつて馬上突撃が戦場の花形だった時代には、騎士同士の一騎打ちが戦場の趨勢《すうせい》を決めることもあったらしい。

だが、そんなおとぎ話ははるか昔のこと。今は集団戦闘の時代。

修羅の蠢《うごめ》く隙間のない戦場で乱戦になった時、生死の境目を分けるのは体術。

人が血と言葉をつなぐなら、戦場はただ肉の芸術を鍛え上げる。

古流槍術《そうじゅつ》はナインの敵ではない。

なぜなら、今のアイシアの繰り出す槍術から数段進化した流派を使う騎士を何人も殺してきたから。

「生まれたばかりのはずの魔王が体術を⁉　普通いくらナインくんの身体《からだ》を乗っ取ったとしても完璧にはコントロールできないはずですが……いえ。十三代魔王は確か……」

アイシアがひとりでに頷《うなず》く。

また何か勝手に深読みしているっぽい。

「苦しまず逝《い》かせてやろう」

アイシアの身体を脚でホールドし、首を絞め落としにかかる。

「ナインくんのドレインは経口摂取でしたか。汗程度でも強化されるとすると、接近戦はまずいですね」

瞬間、アイシアは首から下を白蛇に変えてするりとナインの拘束から抜けた。

筋肉質な尾が高速で振るわれ、ナインは後ろ跳びに回避する。

(まじかよ!)

さすがにこの体術の外され方のパターンは初めてだ。

「変身魔法! しかも無詠唱!? 生物触媒もなしにイメージだけでできますの?」

崩れた壁の隙間から薄目を開けたマリシーヌがこちらを見ている。

「聖女よ。人間の割には化けるのが得意なようだ。魔族として迎え入れてやっても良いぞ」

「あなたも魔王のくせに随分人間臭い体術ですね」

アイシアが悠然と人間の姿に戻る。

全裸になるということもなく、また錬成で作り出したらしい鎧を着ている。

「この程度のことは造作もない。またカビ臭い英雄でも降ろしてみるか?」

「やめておきましょう。どうやら、直接戦闘では私に分が悪いようです。でも時間を稼いだおかげであなたの弱点も見つかりました。あなたは肉弾戦に特化するあまり、精神干渉系の魔法が苦手なのではありませんか? もしあなたが精神汚染を使えるなら観客を人質にとって私に突っ込ませるくらいのことは当然するでしょうから。でも、観客をそのまま逃がした。まさか魔王が慈悲をかけたということもないでしょう。となれば、あなたはナインくん一人に憑依する程度が限界の精神干渉能力しか持たないと推測するのが自然です」

そう論理立てて詰められると返す言葉もない。

ナインもガチの戦争なら、魔法を使うまでもなく観客を人質に盾に血液供給源にとフル活用しているだろうが、今は趣旨が違う――などとはもちろん言えない。

「わざと逃がしたとは考えないのか？」

「まさか時限式の呪い……？　いえ、詐言は魔王の常。私を惑わせるために言っているのでしょう。――試させてもらいます」

突如、闘技場の地面が隆起した。

湧き出てきたのは数十体の無貌の戦士たち。

その装備は槍に剣に斧《おの》に槌《つち》にてんでバラバラだが、全て金属製であることは共通している。

「ほう」

「物量で圧倒します。操作系の魔術が使えるなら私からゴーレムたちの指揮権を奪えますよね。心のある人間を操れるなら、意思のないゴーレムを支配する程度朝飯前のはずですから」

（そんなのできる訳ないじゃん。爆《は》ぜろマジシャン）

ナインは魔法なんて欠片《かけら》も使えない。

ヘレンならシャドウハンズ《影の手》でいくらかゴーレムを操れるかもしれないが、今はナインの魔王感を出す演出に力を割いている状態であるので、そんな余裕はないだろう。

もっとも、仮にヘレンがゴーレムに絡《から》んでいったとしてもアイシアの力には敵《かな》わないだろうが。

（囲まれるとまずいな）

敢えて前に出る。

一番鈍臭そうな槌持ちのゴーレムの腕を砕いて武器を奪う。

次に壊すのは脚。ゴーレムは人間と違って頭を潰そうが胸を貫こうが死なない。

ならば破壊することよりも無力化することに重きを置く。

壊したゴーレムを即席の壁にして敵と相対する方向を正面に制限する。

（マジで一騎当千——というより一人軍隊だな）

ゴーレム一体一体は英雄というほど強くはないが、熟練兵くらいの動きをしてくる。

さっきの憑依をゴーレムにも使っているのか。

それでも二桁までなら処理できる自信があるが、倒した先から無限に湧いてくるところをみるとキリがなさそうだ。

「あなたが弄ぶその身体の持ち主は、私の大切な生徒でした」

アイシアが今度は空中に無数の白い鳩《はと》を召喚する。

もちろんこれもゴーレム。

平和の象徴と呼ばれながらどこか粘着質で不気味なその目まで見事に再現されている。

「彼は戦争の犠牲者で、私は彼のようなたくさんの寄る辺のない人々が戦場に送り込まれることを知りながら何もできない無力な存在でした。聖女なんて美名にはとてもふさわしくない血塗られた女です」

空と陸からの波状攻撃がナインを襲う。

無視する。

目さえ無事ならどうということはない。

「戦争を終わらせるためと自分に言い聞かせて、私は故国を捨て、またたくさんの人を裏切って不幸にした。でも、それでも、私のしたことは無意味ではないと思いたかった。だから、せめて、あの凄惨な戦場を生き残ったナインくん。彼一人くらいは幸せになってほしかった。最初は剝《む》き身の刀みたいに鋭い子だったけれど、段々柔らかい表情も見せてくれるようになって、今ではお友達もできたんですよ！　それなのに――」

(いや、相変わらずボッチなんだが?)

友達なんてできてない。

マリシーヌは普通にぶん殴りたいくらいムカつくから明らかに友達じゃないし、ヘレンも友達というか戦略的互恵関係と表現するのが適切な間柄だ。

「だから許しません。私は、ナインくんの――私のせいで不幸になった全ての人々の憎しみと絶望を背負いあなたと共に果てる覚悟です」

(勝手に背負われてもな)

当のナインは別にアイシアを恨んではいないし、自身が不幸だと思ったこともない。

他のナンバーズや棄民兵がアイシアを――当時の支配者層にどういう感情を抱いていたかは分からない。でも、ナインの知り合いはみんなもう死んだのだから気にしてもしょうがない。そして、他の面識もない戦争の生き残りのことなどはなおさら、ナインの知ったことではない。

「魔王がこれくらいで終わるはずないですよね。まだ何か隠しているのでしょう? 全てを見せなさい!」

(……ここらが潮時か)

これ以上は手加減ができない死闘となる。

今でも、もう十分健闘したと言える程度の抵抗はしただろう。

「ならば——受けてみよ！」

ナインは両手を広げる。

それが合図。

マリシーヌが炎の魔法をフルパワーで発動し、大爆発を起こす。

瞬間、ナインは身を伏せた。

ゴーレムが勢いに任せて圧殺しようとしてくるが、ナインはすでにそこにいない。

ぬるま湯のような感覚が身体を包み込む。

まるで深海にいるかのように、はるか上方に地上の光が見える。

アイシアを勝たせる手順は簡単だ。

まずはこうして爆発に紛れてヘレンの収納魔法が創り出した特殊空間に隠れる。

それから、あらかじめその空間に格納してある魔石を地上に投げ捨てる。魔王が死んだ証拠だ。

これで任務は完了。アイシアは生きながらにして魔王討伐を成し遂げた奇跡の聖女となる。

「くっ。逃げられた？　もしかしてそもそも魔王本体ではなく分霊体？　ですけど、あれだけ強い分霊体がいるはずはありませんし——なっ。この魔石は⁉」

思案げなアイシアの声が頭上を通過する。

（あっ、今）

ナインは地上に飛び出した。

魔石を検分しようとしゃがんでいたアイシア。

その腹へ綺麗《きれい》にボディーブローが決まる。

放物線を描いてその体躯《たいく》がコロシアムの端まで吹っ飛んだ。

「やべっ」

完全に無意識だった。

それは戦士の本能。

勝てると分かった瞬間、身体が勝手に動いていた。

「は、え？　え？　え？　え？　ちょ、ちょ、ちょ、ちょおおおおおおお！　お馬鹿ああああああああああああああ！　あなたが勝ってどうしますのおおおおおおおお！」

観客席で立ち上がったマリシーヌが絶叫する。

「なんと……」

ヘレンが腕組みして目を閉じる。

「い、いや、いや、待て待て。大丈夫だ。当てる寸前に力を弱めたし。逆に先生が気絶していた方が相打ち寸前までいった感が出て本物っぽいだろ」

そう弁解しながらも慌ててアイシアに駆け寄る。

闘技場の壁にめり込んでいたアイシアを助け出して、地面にそっと寝かせる。

防具を脱がせて楽な格好にしてから、その手首に指を当てる。

意識は失っているが――うん。大丈夫。脈はある。

ほっと胸をなでおろす。

（やべー、マジで殺したかと思って焦《あせ》ったー）

少々予定は狂ったが、後は魔王の皮を脱ぎ捨てて、ナインも倒れたフリをすれば――。

カツカツカツ。

「ん？」

音がした方に視線を遣《や》る。

「おい、本当に中に入るのか。聖女様は逃げろとおっしゃっていたのに」

「そりゃ怖いけど――しかし、あんなにすごい爆発音がした以上は確認しない訳にも」

闘技場の入り口から恐々《こわごわ》覗《のぞ》く二つの顔。

「あ」

ぱっちり目が合う。

「お、おい、見ろ！　あそこ！　聖女様が倒れているぞ！」

「魔王はピンピンしてるぞ！　聖女様を食おうとしてる！」

二人がナインとアイシアを指さす。

「ま、まさか、せ、聖女様が――負けた？」

「う、嘘《うそ》だろ！　そんな、そんな……」

その顔が見る見る白くなっていく。

「おい、あんたら」

「うああああああああああああああああ！　世界の終わりだああああああああああああああ」

「もうだめだああああああああああああああああああああああああああ！」

二人が悲鳴と共に逃げていく。

やがて闘技場の外から民衆の阿鼻《あび》叫喚《きょうかん》の大騒ぎが聞こえてきた。

「あーあ、一体どうやって収拾つけますのよこれ」

マリシーヌが頭を抱えながらナインの隣にやってきた。

「なあ、ヘレン。俺たち全員、闇魔法でこっそり逃げられるか？」

「否。今の愚僧の力ではナイン殿一人を隠すのが精一杯にございまする」

いつの間にかナインの近くに来ていたヘレンが首を横に振る。

「はあ。しゃあない」

ナインは魔王の皮を脱ぎ捨てる。

こうなってはもうどうしようもない。開き直ろう。

ファーストなら上手《うま》いこと交渉で切り抜けたかもしれないけど、ナインにはそんな政治力はない。

「先生、起きてくれ、先生」

アイシアの肩を揺すって起こす。

「ん、んみゅ……ふぁ、な、ナインくん？　――あ、ああ、そうか……。ふふっ、私、死んでしまったんですね……」

アイシアは薄目を開けて寝ぼけた声で言う。

「いや、生きてるよ」

アイシアの頬を引っ張る。鳥モチみたいによく伸びる。

「い、いひゃいです」

「すまん。割とガチめの腹パンしちゃったんだけど、骨とか折れてないか？」

ナインは手を放して言う。

「え、あ、はい。自動発動のヒールをかけてるんで大丈夫ですけど、ナインくん……本物ですか？」

アイシアが疑わしげな表情でナインの顔をペタペタと触ってくる。

「本物だよ。どうやって証明すりゃいいかわからんけど、魔王の皮ならそこにある」

ナインは脱いだ皮を指さす。

「これは確かに魔王の紋章――ああ、ナインくん。よくわからないですけど、とにかく、無事でよかった！」

アイシアに抱きしめられる。

胸に当たる柔らかい感触。

アイシアのためにやったこととはいえ、さすがにちょっと騙《だま》したことに罪悪感を覚える。

「お、おう。それにしても、先生、めちゃくちゃ強いな！　久々に燃えたよ」

ナインは素直に賞賛する。

アイシアとはまともにぶつかったらまず勝てないことは今回の戦いでよくわかった。

もし次に彼女とやり合うことがあったなら、ありとあらゆる絡《から》め手を駆使して臨むことを決意する。

「あの時の意識があったんですか？　ご、ごめんなさい。ナインくんとは戦いたくなかったんですけど、魔王に乗っ取られてしまって、洗脳魔法を解こうにも聖魔法が効かなくて」

「ああ、それ嘘。実は本物の魔王は俺がちょっと前に倒しちゃったんだよな。でも、それじゃあ聖女をやる気満々の先生のやりがいがなくなるかと思って魔王を倒させてやるために俺たちで一芝居打ったんだけど、失敗した」

ナインは両手を上げて降参のポーズを取る。

「わ、ワタクシの計画は完璧でしたわ！　ナインが余計なことをしなければそのまま上手くいってましたわよ！」

マリシーヌが虚勢と共に胸を張る。

「是非もなしでございまする……」

ヘレンが合掌する。

「え、ええ？　ちょ、ちょっと待ってください！　な、なんですか！　それ。ナインくんが魔王を倒した？　どういうことですか？」

アイシアが目を白黒させてナインたちの顔を忙《せわ》しなく見る。

「今言った通りだよ。薪を拾いにいった先にたまたま入った洞穴で魔王と出くわしたから
ぶっころした。証拠は──肉はもう腐っていると思うけど、骨ならまだ残ってるんじゃな
いかな。場所はどうやって説明したもんか」
「パンゲアから数えて三十八個目の距離見塚を半分ほど越えた辺りでございまする」
ヘレンが助け船を出す。
「で、そこの森の奥の突き当りに野茨《のいばら》が茂っていて、さらに奥に変な洞窟があってさ。
そこの隠し部屋にいたんだ」
「……ちょっと遠見の魔法で確認します。……。……。──確かに骨がありますね。洞穴
全体に強力な魔法妨害《マジックジャミング》がかかっているのでかなり見にくいですけど」
「これで納得してくれたか？」
「──確かにナインくんが自らの意志で戦っていたなら聖魔法が効かないのも当然ですし、
やけに魔族の抵抗が薄くて先遣隊の進軍が順調すぎるのも全部辻褄《つじつま》が合いますけど」
「にわかには信じられないのも無理からぬことですわ。でも、タタラ答え合わせしてい
る時間はないと思いますわよ。そろそろ外の混乱が暴動に変わってもおかしくない頃合い
ですし」
マリシーヌはそう言うと、まるで自身は無関係だとでも言いたげに扇子を広げて顔を隠

す。

「え？　ぼ、暴動⁉」

アイシアはギョッとした顔で声を上ずらせる。

「えーっと、いきなりで悪いんだけど、魔王の皮を被《かぶ》った俺が気絶した先生の介抱をしているところを衛兵かなんかに見られてさ。外が『聖女が負けた』、『世界が滅びる』って大騒ぎになってるんだわ」

「それを先に言ってください！　――とりあえず、都知事に連絡を……いえ、軍隊に随行している副総理に一報いれてからの方がスムーズですね。闘技大会と魔王討伐の影響で都市の滞在人口は多いですが、後詰めの討伐軍を動かせば治安の回復は可能でしょう――『風は吹き、噂《うわさ》は巡る。真実はいつも藪《やぶ》の中』――はい、はいはい。アイシアです。死んでません。暗号《コード》サルベリア２０３６。偽物《にせもの》？　乗っ取り？　疑うのはご自由にどうぞ。でも、もし本物だったらどうされますか？　民を救うという公人の責務を果たさない者に、この先私が力を尽くしたくなると思われますか？　――都知事、門は開けて構いません。出たい者は出して――」

アイシアは我に返ったようにハキハキと喋《しゃべ》り出し、風の伝達魔法で関係各所に連絡を取り始める。

「……ふう、これでひとまずは問題ないと思います。今私たちが外に出ると混乱を助長しかねませんから、状況が落ち着くまでここで待機していましょうか」

やがて伝達魔法を切ったアイシアはふわりと飛び上がり、観客席の一つに行儀よく腰かける。

（また先生に借りができちまったな）

魔王の血の効果が抜けていく。

虚脱感を覚えながら、ナインは曇天を仰ぐ。

一時間も経《た》った頃だろうか。

ドタドタと闘技場に数十人の大人が駆け込んでくる。

そのほとんどは武装した兵士だが、軍人たちに守られるようにして、スーツ姿の文官や勲章をジャラジャラつけた制服の将官も幾人か見かける。

名前は忘れたが、みんな新聞で見たことがあるような顔なのでお偉いさんだろう。

ナインたちは観客席から立って中央のスペースに降り、一行を出迎える。

「聖女様。街中の鎮圧が完了しました。そして、魔王の討伐が完了したとのことですが誠ですかな」

長い顎鬚《あごひげ》を蓄えた中年——制服の男が進み出る。

「将軍。本当です。ここに魔石と魔王の皮があります。骨もやがて回収できるでしょう」

「確かに。こちらでも先遣隊が魔王の出現予測地点に到達しました。魔王の姿はなく、魔力痕の分析から消失は二週間～一週間前と推測され、聖女様の情報と矛盾はありません。魔族の組織だった攻撃もない。以上のことから、魔王は真《まこと》に討伐されたと考えても良いかと小官は愚考します」

将軍と呼ばれた髭男《ひげおとこ》はそう言って、部下らしき軍人に目配せする。

それを合図に武装した軍人が魔王の皮と魔石を錠前付きの箱にしまい込んだ。

「あ、ナインくん。魔王の落とした素材は法律で国に納めることが決められていますが、鑑定の後、きちんと国庫から適切な報酬が支払われますので、安心してくださいね」

「ああ、わかった。別に金に大した興味はない」

補足するように言うアイシアに頷《うなず》く。

「では、本当にこの少年が一人で魔王を倒したというのじゃな」

杖《つえ》をついた辮髪《べんぱつ》の老人がナインに胡乱《うろん》な目を向けてくる。

「はい。副総理。私が相打ちにならず生き残っているのがその証拠です」

アイシアがナインの半歩前に出て言う。

「にわかには信じられぬが、事実は小説より奇なりか……」

「まあ、召喚仕立ての出来立てほやほやの赤ちゃん状態の魔王だったから雑魚《ざこ》かったんだよ。あと、魔王が奇策に魔力を割いて弱くなってたっていうのもあると思う。それで偶然勝てちゃったって感じだな」

「小官は君の戦闘能力は疑わない。元ナンバーズだからな。だが、魔王には聖属性以外のあらゆる攻撃を無効にする権能がある。聖女不在でどう勝ったのかね？」

「ああ、それはちょくちょく集めておいた先生の抜け毛を食べて一時的に聖属性を得たからな」

「か、髪⁉　私の⁉　初耳なんですが⁉」

アイシアが自身の髪を守るように両手で押さえた。

「だ、大丈夫なんですかね、彼は。これ以上、ボクの街で問題を起こされるのは困りますよ」

ネズミのように出っ歯な小男が不安げにこちらをチラ見してくる。

「――こほん。都知事。ナインくんは変わったところもありますが、理由のない暴力を振るう子ではありません。それは私が保証します」

アイシアが咳払《せきばら》い一つ答える。

「ああ。そもそも俺の能力は長時間持続しない。復員の時、さんざんテストされんたんだが、あんたが軍のお偉いさんなら、当然ここに来るまでに俺のことを照会にかけたよな？」

　将軍を見遣《みや》って尋ねる。

　大戦の兵士は一般社会に戻るにあたって様々な適性検査を受けた。そして、ただでさえ非常識とされがちな棄民兵の中でも選《よ》りすぐりの存在であるナインのそれは殊更に執拗《しつよう》だった。

「ああ、確かにそうだ。『ナシのナイン』。レポートを読んだ結果、君が万が一暴走したら戦術的な脅威ではあるが、それでも戦略級の障害にはなりえない程度の戦力と小官は判断している」

　将軍が冷徹な目でナインを見つめる。

『軍を動かせばいつでもお前など殺せる』とその瞳は雄弁に語っている。

「はあ。ともかく、その少年は安全なんですね。となると問題は」

「ふむ、聖女様の今後の取り扱いという訳じゃの」

「――そうなりますな」

　三者が視線を交錯させる。

　目には見えない火花が爆《は》ぜる。

「ここは当然、議会が——この場においてはその委任権者《ごんじゃ》のワシが聖女様の身柄をお預かりすべきじゃろうな。全ての暴力装置は民意の監督の下に置かれねばならぬ。それが法の秩序の下に運営される民主主義じゃ」

「ご高説ごもっとも。しかし、その法によれば戦場では将の指揮権が優先されることになっていますな」

「戦場ですか？　一人の死亡者すらいないこの北部随一の都の中心部が？　魔王が死んだのならば、もう戦争状態とはとてもいえないでしょう。新体制が過去の強権国家と違うと示すためにも、地方自治権を尊重してほしいものです」

「それは無理筋じゃな。地方自治に行政権は認められても、軍事にも外交にも口を出す権利などあるはずなかろう」

「その通り。仮にここが戦場でないというならば、今すぐ軍を引き上げさせてもらうということで良いのですかな。魔王を討伐したとはいえ、活性化した魔族共はそこら中に跋扈《ばっこ》しているのですが、ファリスの警察権のみの独力で対処なさると」

「な、国民の生命と財産を盾に取るなど軍人の風上にもおけぬ振る舞いではありませんか！　ご老体も、飼い犬へのしつけがなっておりませんぞ！」

「バラマキで都民の歓心を買うしか能のない子ネズミは黙っておれ！　ワシは大局的見地

から聖女様は国会の直属となるのが正しいと申しておる！」

「大局をおっしゃるならば、三権の分立を侵すのは国家のためにならないと当然お分かりかと思いますがな」

「前線に出たこともない小童《こわっぱ》が知ったような口を利《き》くでない！」

「平和国家の軍人に実戦経験がないのはむしろ誉れでしょう。やれやれ老いると視野も心も狭くなるから困る」

三人の議論はやがて口汚い罵り合いへと変化した。

「はあ。魔王がいなくなったら次は聖女様争奪戦の開始という訳ですわね」

「聖女様を脅威とみなすなど、不遜で無礼ではありませぬか！　世界のためにその身を捧《ささ》げようとした御仁に対してあまりにも敬意を欠いてございまする」

ヘレンが顔をしかめる。

「まあ、理由はなんでもいいのでしょう。国民の人気が高く、しかも実践的な戦力でもある聖女様を自分の手駒にできれば」

マリシーヌが肩をすくめる。

「皆さん！　生徒の前です！　控えてください！　もちろん、私に天から与えられた力は、公共のために使います。でもその使い方を誰かに指図されるつもりはありません！」

アイシアが一喝する。

「聖女様、これは年甲斐《としがい》もなくお見苦しいところを」

「小官も少々熱くなりすぎましたな。魔王を討伐した以上、聖女様のこれからについて検討する時間はいくらでもある。焦《あせ》ることはない」

「ボクは聖女様を故郷にお戻ししようと忠心から申し上げたまでで」

三人がそそくさと舌鋒《ぜっぽう》を納める。

今アイシアに嫌われてもいいことは何もないと気が付いたのだろう。

「……ふう。ひとまず、これにて一件落着ですね。――ナインくん。私の代わりに魔王を倒してくれてありがとうございました。私、これからの人生はナインくんに貰《もら》った命だと思って、少しでも多くの人を幸せにできるように頑張りますね」

アイシアがナインに向き直り、気丈な笑みを浮かべた。

その笑顔が無性に気に食わない。

「それで終わりか？」

「え？」

「それが本当に先生のやりたいことなのかって聞いてんだよ」

「当たり前です。民を守り、癒やすのが聖女の役目ですから」

アイシアは台本を読むような口調で言う。

「それは聖女としてやらなければいけないことだろ。俺が聞きたいのは、先生が――アイシアが個人としてやりたいことは何かってことだよ。先生、前に言ってたよな。『もっと教師を続けたい』って。あれは嘘《うそ》なのか？」

「嘘ではないです。でも、状況が変わりました」

「ああ、状況は変わった。魔王は死んだんだから、もう先生が聖女をやる必要はない」

魔王を倒すためにやりたいことを諦めるのはまだ理解できる。

魔王と聖女は不倶戴天《ふぐたいてん》であり、魔王を倒さなければ、結局聖女も死ぬからである。つまるところ魔王と聖女の戦いは純粋な生存闘争であって、そこに感情の介入する余地はない。

でも、今は違う。アイシアが他人の思惑に縛られる理由はもはや何もない。

「社会はそう単純じゃないんですよ。こういう『曖昧』なこと、色んなことを学んだ今のナインくんなら分かってくれますよね？」

「わからない」

「え？」

「俺なりに頑張って勉強しようとしたけど、どうにも『曖昧』ってやつは、最初から100点を目指さずに、70点で妥協しようとする腑抜《ふぬ》けの言葉にしか思えない。例えば、ほら、今、俺が空気を読んで、その『曖昧』ってやつを分かったフリをして頷いたらさ。先生とはもう会えなくなるんだろ。あんたは全てを悟りきったような、でも少し悲しそうな笑顔で俺の下を去っていく。それで、そこにいる奴《やつ》らみたいなだらない連中の相手をして一生を過ごすんだろ」

それはナインにとって、無性に腹立たしいことだった。

その怒りの対象は、もちろんアイシアではない。

そして、立場を笠《かさ》に着る有象無象の小物たちでもない。

あんなのは小蝿《こばえ》みたいにどこにでもいて、いちいち腹を立てていたらきりがない。

だとすれば、この感情の正体はなんだ？

アイシアに会うずっと前から、胸のどこかにいた気がする。

いつからだ？

地獄の戦場で一人生き残った時から？

いや、初めての戦利品を奪われた時から？

いや、もっと昔、そもそも、スノーリカオンの腹の中で自我に目覚めたその瞬間から。

（……ああ、そうか。俺は理不尽を倒したいんだ）

ようやく感情の出所を突き止める。

ずっと、理不尽の倒し方が分からなかった。

概念の殺し方なんて分からないから、無意識に考えないようにしていた。

でも、もし、勝手に世界を背負った気になっているこの女の諦めの予定調和を壊すことができたなら。

ナインは理不尽の顔に一発ぶちかませたような、最高にすっきりした気分になる。

そんな無根拠の確信がある。

「――しろって言うんですか」

アイシアが聞き取れないような小声で肩を震わせる。

「あ？」

「じゃあどうしろっていうんですか！　私だって好きで聖女に生まれた訳ではありませんよ！」

アイシアが激高する。

彼女の全身からほとばしる季節を逆回転させたような熱風が、闘技場全てに吹き渡る。

「でも、私が教師をやりたいなんてわがまま、誰が認めてくれるんですか！　聖女である限り、私は民衆から救いを求められる！」

その首の一振りはダイヤモンドダスト。

やがてそれは土埃《つちぼこり》と混じり合い霧に変わる。

「そうでない人だって、一人で魔王を倒せるような危険な兵器を野放しにしておくなんて怖いに決まってるじゃないですか！」

彼女が地団太を踏めば大地は震動で応える。

「だから、私は！　みんなが納得するような生き方をするしかないじゃないですか！」

そして、思いっきり振りかぶり、地面を殴りつけた渾身《こんしん》の一撃がはるか地下深くまで穿《うが》った。

水脈にぶつかったのか、たちまち穴から地下水が噴き出す。

ナインは初めて彼女の本気の怒りを、そして涙を見た。

でも、それだけ。

アイシアはやろうと思えば、今ここにいるムカつく奴らを皆殺しにできる力がある。

魔王と双璧をなす超越者としては随分抑制の利いた癇癪《かんしゃく》じゃないか。

慈愛の聖女はその怒りすら優しい。

でも、どうだっていい。

だって——

「なんだよ。そんなことで悩んでたのか？　なら」

聖女はもう消える。

「んむっ！　むぐぐ！」

ナインはアイシアを引き寄せて唐突に唇を奪う。

アイシアの瞳孔が大きく開く。

彼女の唇は、生臭さのないミルクのような味がした。

酒を飲んだ時のような高揚感を覚える。さすがに髪よりはアイシアから直接摂取した唾液の方が強いようだ。

「――ほら、これでもう、先生は聖女の力は使えないぞ」

「え、え、え、私、今、ナインくんと、ふぇえええええええええええええ」

アイシアが顔を真っ赤にして地面にへたり込む。

「なんと！　――くふふふ、ははははははははは！　『主は安息日に麦畑で食《は》むを認むることぞある』。聖女を救うためならば、聖女を汚すことも許される！　大いなる矛盾！　これが主の愛！　さすれば、闇の魔法しか使えぬ愚僧とて、なんぞ光を崇《あが》むるに恥じることあらんや！」

ヘレンが哄笑《こうしょう》する。

「聖女の処女性を棄損して強引に能力を減衰させるなんて……。めちゃくちゃしますわね。旧法なら間違いなく処刑台ですわ」

マリシーヌが口調とは裏腹に、どこか愉《たの》しむような口調で言った。

「貴様、何をしたのかわかっておるのか」

副総理がナインを睨《にら》みつけてくる。

「わかってるよ。あんたらは先生が強すぎるから囲っておかないと不安なんだよな？　だから弱くした。これでもう、先生を監視しなきゃいけない理由はないはずだ。あんたらが本当に先生を利用しようとしている訳じゃないならな」

ナインは睨み返す。

強い個体をその他大勢の弱者が怖がるのは本能だ。だから、それを否定しようとは思わない。

その懸念《けねん》を払拭《ふっしょく》するには、弱い個体全員が強くなるか、強い個体が弱くなるかだ。

みんなが聖女くらい強くなるのが無理なのは自明なのだから、後者を選択するしかない。

子供でも分かる理屈だ。アイシアがなんでこんなくだらないことで悩んでいるのかわからない。

「待て。たとえ聖女の力を喪失しようと、アイシア氏は旧王女であり、反政府勢力やテロリストの標的になる可能性がある以上、我々軍による警護が必要だ」

「と、都市の警備はボクたちの管轄で……」

「お前らより俺の方が強いんだから必要ないだろ。それとも、本当に俺が魔王を倒せる力があるのか、試してみるか？」

ナインは足下に落ちていた石を拾い上げて空に投げる。

轟音《ごうおん》が兵士たちをなぎ倒し、鉛のように重い雲までも吹き飛ばした。

オレンジ色の夕日が噴出した地下水に屈折し、虹を作り出す。

「ヒエッ。あ、後は二人にお任せします。さてさて、ボクは庁舎に戻らなくては」

都知事が這《は》う這うの体で逃げ出す。

「しょ、小官は軍人だ。そのような脅しに屈する訳がなかろう」

「そうじゃ！　国権がこのような賊に屈するなど！」

将軍と副総理がそう言って抵抗してくる。

「はあ。タルいな。こっちからは手を出さないけど、道を遮るなら反撃はするぞ。まあ、魔王のせいにすりゃ皆殺しにしてもバレないか？」

「ナイン、だからなんでも暴力に頼ろうとするのはおやめなさい。今回はそんなことをする必要はありませんわ。あなたは堂々とそれを要求する権利があります」

マリシーヌがナインの肩を叩《たた》いて言う。

「ふむ。憲法二十二条二項に規定された権利。すなわち、『特級世界脅威の無制限討伐報酬』。人の命は星より重い。その命を国体のために生贄《いけにえ》に捧《ささ》げさせるならば、その者はすなわち星そのものを要求し得るということにて」

ヘレンが頷《うなず》く。

「ああ、魔王討伐したらなんでも願いが叶《かな》うってやつか。っていうことは、例えば俺が『このうざいおっさんたちをクビにしてほしい』って願ったらそれも叶うってことだよな？　ふーん、どうしようかなー」

ナインはもったいぶった調子で言って、将軍と副総理を交互に見遣《みや》る。

「くっ、二十二条は人権尊重の理想を示しただけじゃ。実際の適用は想定されておらぬぞ」

「しかし、政敵が我らを難詰《なんきつ》するには十分な理由になりますぞ」

二人が顔を寄せて囁《ささや》き合う。

「もう一度だけ聞くぞ。俺はルガード戦学院に帰る。だから、そこをどいてくれ」

「ぐっ……」

「道を空けてやれ」

将軍と副総理が一歩引く。兵士たちは命令されるやいなや、道を譲るどころか武器を投げ出して両手を挙げた。

「じゃ、先生、帰るぞ」

ナインはアイシアの腕を引いて助け起こす。

「……」

「なんだよ。インプに幻影魔法をかけられたような顔して」

「なんだか、夢を見ているみたいです。本当に教師に戻れるなんて。それこそ、魔王が私に都合の良い幻影を見せていると言われた方がまだ受け入れやすいです」

「先生は心配性だな。たまにはいいだろ。偶然降りかかる不幸なんて星の数ほどあるんだから。一つくらい幸運があったって」

ナインはそう言って大きな欠伸《あくび》をする。

「……ナインくんは本当に困った生徒さんですね」

アイシアはナインの手を軽く握り返し、少女のようにはにかんだ。

エピローグ　生徒に宿題を出した

ナインくんが歴史上初めての『特級世界脅威の無制限討伐報酬』に何を選ぶかは、一時期世間で時候の話よりも盛んな雑談の種となりました。

ある者が『一生遊んで暮らしても使いきれないほどの莫大《ばくだい》な金銭を要求するのではないか』と羨ましそうに言えば、またある者は『いや、元棄民兵を集合し独立国家を建てるのではないか』と答えます。挙げ句の果てには『死んでいった同朋《どうほう》たちの復讐《ふくしゅう》を果たすため、旧軍の指導者の処刑を求めるのではないか』という物騒な噂《うわさ》まで流れました。

でも、それも当のナインくんが『アイシアが何者にも干渉を受けずに教師を続けられる環境の提供』を要求するまでのこと。

魔王の討伐という功績に対しては極めてささやかな、私以外の多くの人間にとっては無関係でおもしろくもないその要求に、世間はやがて興味をなくしていきました。

中にはナインくんがせっかくの世界を変える機会を無駄にしたと憤《いきどお》る人たちもいましたが、概《おおむ》ね世間の反応は好意的なようです。

というのも、ナインくんの魔王討伐は歴代のそれと比して犠牲者が極めて少なかったこと。また、ナインくんは国家が多額の税金を投じて作った戦学院の生徒であったこと。さらに、その指導者——すなわち、私が敗戦国の元王女であり、同戦学院の教師であったこと。そして、魔王に勝利してもなお平穏な日常を望んだこと。メディアはこれらの事実を基に美談風に仕立て、ナインくんたちの行動を褒めたたえ、ひいては国家の戦後統治の方針は正しかったと盛んに喧伝《けんでん》したからです。

いや、正確には、政府が魔王の出現予測を誤ったことに対する非難の目くらましをするために、そうせざるを得なかったと言った方が正確でしょうか。

そんな魔王討伐がすでに過去のことになりつつある冬の放課後、私はナインくんを自室兼執務室に呼び出しました。

我ながら色気のない部屋だと思います。

八畳ほどの室内には、ベッドと文机《ふづくえ》、そして本棚と、色味の少ない実用一辺倒の家具しかありません。

窓の外では、粉雪がしんしんと降り続いています。

「——ということで、ナインくんには近々、政府より国家英雄勲章、ファリス警察より一級救護感謝状、街からパンゲア名誉市民賞、学校からはラーゲア学院生殿堂入りの権利、あ、あと、もはやおまけみたいになっちゃってますが、成績優秀者に対する学院長賞もありましたね」

文机の前の椅子に腰かけた私は、目の前で直立するナインくんへ、漏れのないようにメモ用紙を見ながらそう列挙します。

「ふーん、それって、なんか金目の物でも貰《もら》えるのか？」

ナインくんは小指で耳の穴をほじりながらそう尋ねてきました。

『心底どうでもいい』。

顔にそう書いてあります。

格式ばったことを嫌うナインくんのことなので、きっと式典へ参加させられるのを迷惑にすら思っているかもしれません。

「いえ。どれも名誉称号ですから、特には。ああ、でも、学院長賞ではペンが貰えます」

「なんだよ。大層な名前の割にはケチくさいな」

ナインは肩をすくめる。

「そんな邪険にしないでください。とっても名誉なことなんですよ」

私は眉を下げてそうフォローするしかありませんでした。

人類史上初の偉業も、きっとナインくんにとっては日常の延長線上でしかないのでしょう。

結局彼がどういうつもりで私を助けてくれたのか、いまだに分かりません。

私の教師としての能力を評価してくれたのでしょうか。もしくは、野良猫《のらねこ》に餌をやるような気まぐれな善意でしょうか。それとも、何かそれ以外の感情があるのか――。

(――おとぎ話で聞いていたのとは随分違いますね。私の勇者様は)

聖女は本来死を宿命付けられた生き物。だからこそ、人々はこれまでそんな哀れな存在を慰めるため、聖女を魔王から救い出す勇者という架空の存在を夢想してきました。

私も幼い時分はそんな物語に夢中になったこともありましたが、すぐに飽きてしまいました。

だって、物語の勇者様はいつでも大体ワンパターンの、愛の言葉と花束が似合う能弁な紳士ばかりだったから。

でも、現実の勇者様はそんなテンプレートとはどうにも真逆な、ぶっきらぼうな男の子。

愛の言葉はおろか、挨拶すらおざなりにしか返してくれません。

そんな彼の心に触れたいと思うのは、きっと私のわがままなのでしょう。

それでも――。

「そう言われてもな……。あっ、そういや、あれはないのか?」

ナインくんが思い出したように手を叩きます。

「はい？　あれとは？」

私は何となく彼の次の言葉を察しながらも、そしらぬ顔で首を傾《かし》げました。

「ほら、アイシアポイントってやつ。いいことをしたら、くれるんじゃないのか。あー、楽しみだな」

ナインくんはからかうように言いました。

いいでしょう。

欲しいならプレゼントしましょう。

「そうですね……。では、ナインくんには、マイナス１００００アイシアポイントを差し上げます」

私は努めて無表情にそう告げます。

「は？　なんでだよ！　野良の動物を助けただけで100ポイントだろ。なら、魔王を倒して世界を救ったんだから１００００ポイントくらいもらえてもいいんじゃないか？　少なくともマイナスはないだろ！」

「異論は認めません」

きっぱりと答えます。

私もナインくんを見習って、少しは自分の気持ちに正直になろうと思います。

これはその一環です。

「あ？　なら配点を教えろよ配点を。先生いつも配点を見てからテストに挑めって言ってるだろうが！」

「嫌です。基準は公表しません」

私は首を横に振って言いました。

「先生、もしかして、まだキスしたことなんか怒ってんのか？　別に減る訳でもないし、膜さえ残ってりゃそのうち聖女の力は復活するんだし、そんなに気にするなよ」

ナインくんはあっけらかんとそう言い放ちました。

全く！　乙女の純潔をなんだと思っているんでしょう！

物理的には減らなくてもやっぱり減るんです！　目に見えない大切な何かが！

「怒ってません。でも、宿題を増やします。マイナス1000ポイントの特典です」

決して私怨《しえん》ではありません。ナインくんは教師としての私の継続を望んだのですから、それに応えてあげるまでです。

「はいはい。わかりましたよ、泣き虫先生」

ナインくんは指を立ててとても形容し難《がた》い下品なポーズをして、踵《きびす》を返しました。

「泣き虫じゃありません！」

あまりにかわいげのないその態度に、私は思わずベッドの枕を引っ摑《つか》み、ナインくんへと投げつけてしまいました。

「はっ、そんな殺気丸出しの攻撃が当たる訳ないだろ」

ナインくんはそんな私の攻撃を難なくかわすと、そのまま部屋から出て行きます。

枕がドアに当たって虚《むな》しい音を立てて落ちました。

「はあ、全く、ナインくんは。マイナス１０００ポイントに決まってるじゃないですか」

私は椅子から立ち上がり、拾い上げた枕を抱きしめて、ベッドに身体《からだ》を預けます。

窓の外では粉雪の層が、今も着々とその厚みを増していることでしょう。

「――だって、生徒と教師の恋愛は、禁則事項ですからね」

唇に人差し指で触れます。

二十年近く慣れ親しんだはずのそれが、いつもとは違う熱を帯びているような錯覚を覚え、私は静かに目を閉じました。

あとがき

皆様、お久しぶりです。そうでない方は初めまして。穂積潜《ほづみもぐり》と申します。

この度は、『強すぎて学園であぶれた俺。ボッチな先生とペア組んだら元王女だった』をお手に取ってくださり、まことにありがとうございます。

本作は、第8回カクヨムｗｅｂ小説コンテスト・カクヨムプロ作家部門にて、特別賞を頂いた作品を改稿したものとなります。

この作品は、幾多の死線をくぐり抜けた歴戦の強者《つわもの》が日常の不条理をぶっ飛ばしていく硬派でハードボイルドな小説になるはず――でしたが、書き上げてみると、思った以上にコミカルで愉快な作品となりました。これがいわゆる、「人生は近くで見ると悲劇だが、遠くで見ると喜劇だ」というやつでしょうか（違う）。

私は日頃、作品にひねくれた性格のキャラクターばかり登場させてしまうので、今回のアイシア先生のような清楚《せいそ》で優しい王道のヒロインを書くのは逆に新鮮でした。その分、主人公のナインくんに変人具合のしわ寄せがいってしまった気もしますが、その凸凹感も含めて、多くの読者の皆様に受け入れて頂けると嬉《うれ》しいです。

さて、早速ではございますが、ここで関係者の方々への謝辞へと移らせて頂きます。

まず、ｗｅｂ版から本作をお読みくださった読者の皆様、そして、本作が出版に至るきっかけとなったコンテストを開催してくださったカクヨム様に厚く御礼申し上げます。

また、本作のイラストを描いてくださいました、おやずり様に万謝申し上げます。私は実は当初、本作のヒロインのアイシアは派手な服は着ないタイプなので、イラスト的に地味になりはしないかと懸念《けねん》しておりました。しかし、実際頂いたイラストを拝見すると、その悩みが馬鹿らしくなるほどの素晴らしい描写で、アイシアはもちろんのこと、全てのキャラクターが魅力的で鮮やかに表現されており、脱帽と言う外ない完璧な出来でした。まことにありがとうございます。

そして、前作に引き続き、拙作を適切なアドバイスでブラッシュアップしてくださった担当編集者のＭ様に感謝申し上げます。これからもお世話になります。

さらに、本作の出版に携わってくださった全ての皆様、なにより、ここまで本作をお読みくださった読者の皆様に、改めて心から厚く御礼申し上げます。

それでは、また何かの形で拙作を皆様にお届けできる機会を楽しみにしつつ、今回はこの辺で失礼致します。

富士見ファンタジア文庫

強《つよ》すぎて学園《がくえん》であぶれた俺《おれ》。ボッチな先生《せんせい》とペア組《く》んだら元王女《もとおうじょ》だった

令和５年12月20日　初版発行

著者――穂積《ほづみ》 潜《もぐり》

発行者――山下直久
発　行――株式会社KADOKAWA
〒102-8177
東京都千代田区富士見2-13-3
0570-002-301（ナビダイヤル）
印刷所――株式会社暁印刷
製本所――本間製本株式会社

ISBN978-4-04-075263-1 C0193

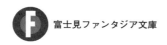

双星の
無名の青年が天下無双の大活躍！
彼の前世は、最強の英雄だ！
華流転生ソードファンタジー。

無自覚最強ハーレム！
シリーズ
好評発売中！
妹が女騎士学園に
入学したら
なぜか救国の英雄になりました。
僕
ぼくが。
After my sister enrolling in Girl Knights' School, I become a HERO.
author.
ラマンおいどん
ill. なたーしゃ
ファンタジア文庫

だって学園の誰より
兄さんのが
強いですから
STORY
妹を女騎士学園に送り出し、さて今日の晩ごはんはなににしよう、と考えていたら、なぜか公爵令嬢の生徒会長がやってきて、知らないうちに女王と出会い、男嫌いのはずのアマゾネスには崇められ……え？　なんでハーレム？

最強の初恋
シリーズ
好評発売中!
ファンタジア文庫